KB061871

히말라야의 선물

히말라야의 선물

지은이_ 히말라야 커피로드 제작진

1판 1쇄 인쇄_ 2010. 12. 10.
1판 6쇄 발행_ 2014. 10. 17.

발행처_ 김영사
발행인_ 고세규

등록번호_ 제406-2003-036호
등록일자_ 1979. 5. 17.

경기도 파주시 문발로 197 (문발동) 우편번호 10881
마케팅부 031)955-3100, 편집부 031)955-3200, 팩시밀리 031)955-3111

값은 뒤표지에 있습니다.
ISBN 978-89-349-4471-3 03810

홈페이지_ www.gimmyoung.com   블로그_ blog.naver.com/gybook
페이스북_ facebook.com/gybooks 이메일_ bestbook@gimmyoung.com

좋은 독자가 좋은 책을 만듭니다.
김영사는 독자 여러분의 의견에 항상 귀 기울이고 있습니다.

히말라야의 선물

히말라야 커피로드 제작진

김영사

우리가 마시고 있는 이 커피는 어디에서 온 것일까?

커피가 가져다준 뜻밖의 반전

히말라야가 품고 있는 말레 마을. 그곳으로 가는 길은 참 멀고도 험했다. 약 일곱 시간의 비행 끝에 네팔 카트만두에 도착했지만 그것은 시작에 불과했다. 우리가 찾는 커피 마을은 히말라야 산맥에 깊숙이 자리했고, 히말라야는 그 명성답게 말레 마을로 향하는 길을 쉽게 내주지 않았다. 단지 험하다는 말로는 다 전할 수 없는 거친 야생의 길. 차 한 대가 겨우 지나갈 정도로 비좁은 산길. 금방이라도 굴러 떨어질 듯, 바라보는 것만으로도 아찔한 낭떠러지를 한쪽에 끼고 쉼 없이 달려야 했다. 사륜구동 지프차가 아니면 도저히 갈 시도조차 할 수 없는 험한 길. 달리면서 우리 제작진 다섯 사람이 석 달 동안 지내는 데 필요한 생필품과 옷가지, 먹을거리와 카메라 등의 무게를 어림잡아 계산해보니 수백 킬로그램이 넘었다. 덜컹덜컹, 차는 위험천만하게 달렸고, 아래를 내려다보면 아찔한 기분이 들어 고개를 돌려 외면할 수밖에 없었다.

무거운 짐을 싣고 끝나지 않을 것 같은 가파른 산길을 곡예하듯 올라가길 한나절. 이제 도착하는가 싶었는데 지금부터는 차와도 이별이란다. 마을로 가는 길이 너무 좁아 차로는 도저히 갈 수 없다는 현지인들의 설명이다. 마을까지 들어가려면 오직 두 발로 걸어야만 했다. 암벽을 등반하듯 거칠고 가파른 히말라야 산길을 오르다 보니 왜 이곳이 그토록 오랫동안 외지인들의 발길이 닿지 않았는지 이해할 수 있었다. 차에

서 내린 지 한 시간. 숨이 턱까지 차올라서야 마침내 말레 마을을 만날 수 있었다.

지금도 눈 감으면 아스라이 그려지는 '아스레와 말레' 마을.

그곳은 마치 고요한 침묵 속에 잠겨 있는, 깊은 산 속 하나의 작은 섬 같았다. 차마 그 고요함을 깨트릴까 싶어 한 걸음 내딛는 소리마저 조심스러웠던 곳. 도시의 온갖 소음에 익숙했던 우리에게 말레 마을의 고요함은 너무도 낯설었다. 하지만 그 고요함에 차츰 익숙해지자 처음에는 들리지 않았던 말레 마을만의 '소리'들이 들려왔다.

"딸랑딸랑 매애—매애—"

상쾌하게 아침을 여는 염소들의 울음소리.

"사락사락 착착—"

새벽안개를 헤치며 아이들이 풀을 베는 소리.

말레 마을은 하늘이 내려준 천연 커피 재배지다.

해발 2,000미터에 자리한 말레 마을. 본래 고지대일수록 커피 열매는

커피에게 축복받은 땅, 말레 마을은 하늘이 점지한 커피 마을이다

단단해지고 밀도도 높아진다. 때문에 고지대 커피는 향이 더욱 풍부하고 맛이 깊다. 히말라야 산자락에 터를 잡은 말레 마을은 이미 맛있는 커피가 자랄 수 있는 최적의 조건을 갖춘 셈이다. 게다가 이른 아침이면 마을 전체를 뒤덮는 자욱한 안개 역시 커피의 반가운 동반자다. 말레 마을은 안개 덕분에 커피가 자라기에 적당한 습도와 온도를 일정하게 유지하고 있었다.

말레 마을에게 커피가 운명일 수밖에 없는 또 하나의 이유는 바로 그늘이다. 이웃 마을 사람들은 말레 마을을 '그늘 마을'이라고 부른다. 사실, 그늘 마을이라는 말에는 부정적인 의미가 담겨 있었다. 산으로 둘러싸여 있는 분지 지형인 말레 마을에 햇빛이 강하게 드는 시간은 하루 중 겨우 두어 시간뿐이다. 햇빛이 충분하지 않으니 옥수수, 밀 같은 농작물은 내다 팔 만큼의 수확량을 기대할 수 없었고, 그저 한 해 벌어 식구들 먹기 바쁜 자급자족 생활에 만족해야만 했다. 때문에 말레 마을 농부들은 가난에서 벗어나기 힘들었다.

그런 그늘이 말레 마을 사람들에게 뜻밖의 반전을 가져왔다. 커피는 강한 햇빛과 열에 약하기 때문에 태양은 커피가 피해야 할 가장 큰 천적이었다. 그래서 그늘이 없는 다른 커피 재배지에서는 일부러 바나나무와 같은 그늘나무(Shadow tree) 아래 커피를 심어 나무를 보호한다. 그러나 마을 자체가 거대한 천연 그늘인 말레 마을은 별도의 인공 그늘이 필요하지 않았다. 다른 농작물에게는 악조건이라 여겨졌던 그 '천연 그늘'이 커피 재배에는 더 없이 환상적인 조건이 되어주었다. 마을의 오랜 고민이었던 그늘은 커피로 인해 오히려 큰 축복이 되었다.

커피와 함께 눈을 뜨고 커피와 함께 잠이 드는 말레 마을 사람들

히말라야의 품속에 깊숙하게 자리한 이유로 말레 마을은 타지와의 왕래가 거의 이뤄지지 않았다. 허름한 구멍가게 하나 없는 오지 중의 오지 마을. 오로지 밭을 갈고 가축을 기르며 히말라야의 자연에서 모든 것을 구하고 만들며 살아간다.

언제부터 이곳에서 살기 시작했냐는 우리의 질문에 말레 마을 사람들은 아버지의 아버지, 또 그 아버지의 아버지 때쯤부터 이곳에 정착해 오늘의 마을을 이루었다고 대답했다. 대답이 난해했지만 순진무구한 그들이 설명할 수 있는 가장 성실한 대답이 아닌가 싶었다. 마을 주민이라고 해야 겨우 열한 가구가 전부. 하지만 이 열한 가족 모두가 커피 농사를 짓는 어엿한 커피 농부들이다. 아스레와 말레(Aslewa Male). '좋은 사람들이 여기 정착하다'라는 뜻을 지닌 마을 이름처럼, 말레 마을에서는 좋은 사람들을 많이 만날 수 있다. 새벽안개를 헤치며 말레 마을의 아침을 여는 어여쁜 삼총사는 늘 함께 풀도 베고 공부도 하는 단짝 친구들이다. 환한 웃음을 잃지 않는 그 아이들을 우리는 '깐치 삼총사'라고 불렀다.('깐치'는 네팔어로 어린 여자아이를 의미한다)

말레 마을 가장 높은 곳에 자리 잡은 일명 '꼭대기 집'. 그곳에는 잘생긴 훈남 형제 움나트와 수바커르, 그리고 미소 천사 꺼멀라와 엄마가 살고 있다. 스물다섯 살 젊은 나이에 남편 없이 네 아이를 키우는 미나네 집에선 그녀의 유일한 자랑거리이자 희망인 아이들이 부지런히 등교 준비를 하고. 언제나 행복한 로크나트 부부는 학교 가는 아이들을 손 흔들며 배웅하고 있다. 빨간 커피 열매들이 크리스마스트리처럼 촘촘

히 열린 곳. 마을에서 가장 좋고 넓은 커피 밭에서는 일명 '커피왕 브라더스'로 불리는 커피의 선구자 데브라스 판데와 둘씨람 판데 형제가 오간다. 또 다른 밭에서는 커피에 인생을 건 '학구파 열혈 농부' 이쏘리 판데와 그의 든든한 딸 어니따도 만날 수 있다.

착한 커피가 들려주는 이야기

히말라야의 작은 커피 마을. 히말라야의 대자연이 키워낸 유기농 커피이자, 현지 농부들에게 공정한 대가를 나눠주는 공정무역 커피. 이 착한 커피가 들려주는 이야기… 왜 이들의 이야기에 귀를 기울여야 할까.

언제부터인가 대한민국은 커피 천국이 되었다. 팔순 노인들에게도

일명 '다방 커피'는 식후에 꼭 챙겨야 하는 일상이 되었고, 도심 곳곳에는 세련된 모양새의 온갖 카페들이 자리하고 있다. 백 년 전만 해도 '양탕'으로 불리며 환영받지 못했던 검은 음료가 어느새 한국인의 생활에 없어서는 안 될 존재가 돼버린 것이다. 그런데, 우리는 커피에 대해 얼마나 알고 있을까. 우리가 마시고 있는 이 커피는 어디에서 온 것일까. 이 커피를 키우는 사람들은 어떤 사람들일까.

커피 생산지로는 흔히 대규모 농장이 있는 브라질, 혹은 에티오피아 같은 아프리카를 떠올린다. 그런데 우리가 마시고 있는 커피 중 네팔, 그것도 히말라야 고지대에서 온 커피가 있다는 사실을 아는 사람은 많지 않다. 세상에서 가장 험난한 산들로 둘러싸여 있는 '세계의 지붕', 등반가들의 끊임없는 도전의 대상, 그런 히말라야 자락에서 커피가 자라고 있고 많은 양이 우리나라로 들어오고 있다. 게다가 어떤 화학 농약이나 화학 비료도 사용하지 않는 유기농 커피이며, 생산지의 농부들에게 정당한 몫의 이윤을 돌려주는 공정무역 커피라는 점이 우리의 호기심을 자극했다.

습관처럼 무심코 마시던 커피 한 잔에 담긴 사연이 궁금했다. 과연 이 커피는 어떤 사람들에 의해 어떻게 키워지고 있을까. 결국 이 물음에 대한 답을 찾기 위해 다큐멘터리 제작팀이 꾸려졌고, 우리는 네팔 커피 생산지로 무작정 떠나게 되었다. 그곳에서 어떤 사람들을 만나 어떤 다큐멘터리를 만들 수 있을지 짐작도 하지 못한 채. 그러나 우리가 믿고 움직일 수 있었던 원동력은 커피를 키우는 사람들이 있다면 그들에게는 반드시 그들만의 서로 다른 수만 가지 이야기가 있으리라는 확신이었다. 단순한 커피 재배기가 아닌 커피와 사람들의 이야기를 담고 싶었고, 그들에게 커피가 어떤 의미인지 알고 싶었다.

깨끗하고 아름다운 커피를 길러내는 사람들과 함께한 80일간의 동거…. 우리는 우리의 믿음대로 커피를 통해 배움을 이어가고 커피를 통해 미래를 꿈꾸는 사람들의 이야기를 만날 수 있었다.

이제 착한 커피 농부들의 향기로운 커피 이야기가 펼쳐진다.

제작진을 대표하여
김영미 프로듀서

차례

프롤로그 6

1. 커피는 아이와 함께 자란다 17
   아또와 로띠 20
   미나, 주문을 외다 28
   그녀의 빨간 매니큐어 36
   염소를 춤추게 한 커피 44

2. 커피는 슬픔을 이기는 법을 가르쳐주었다 53
   형제의 밭 56
   잃어버린 커피나무 66
   꼭대기 집에 찾아온 희망 80

3. 커피가 두 번 익으면 아빠가 돌아와요 87
   멋진 남자 다슈람 90
   가족이 함께 산다는 것 98
   슬픔을 이겨내는 방법 110
   아빠, 우리는 잘 있어요 118

4. 말레 마을 커피왕 브라더스 127
   커피 전도사, 데브라스 판데 130
   제가 진짜 커피 부자예요 142
   무엇에 쓰는 물건인고 152
   자연을 거스르지 않는다 160
   첫 바리스타 신고식 164

5. 열 살 선생님, 서른여덟 살 제자 173
   시간이 멈춘 남자 176
   세상에서 가장 행복한 가족 188
   글 읽는 아빠가 되기 위해 192

6. 커피는 내 운명 205
   특별한 손님 208
   공정무역, 그 놀라운 사건 220
   3천 그루의 희망 228
   아름다운 이별 240
   말레 마을 열혈 농부 250

7. 커피는 희망과 함께 자란다 261
   꿈조차 꿀 수 없던 일 264
   황무지와의 사투 268
   새로운 삶이 시작되다 274

8. 말레 마을 커피로드 283
   선물 같은 수확의 계절 286
   특명, 펄핑 머신을 가동하라 292
   커피, 길을 떠나다 306
   히말라야의 선물 316

   제작진 후기 아름다운 커피가 키워낸 아름다운 희망 330

1

커피는
아이와 함께 자란다

Himalayas Coffee Road

**히말라야
커피로드**

아이들이
유일한 희망
스물다섯
미나 이야기

미나는 올해 스물다섯 살. 그녀의 고단한 삶은
남편의 죽음으로부터 시작되었다.
먹성 좋은 네 아이와
천방지축 염소 두 마리와 함께 사는 미나는
자신의 고달픈 삶을 아이들에게 물려주지 않기 위해
하루하루 열심히 사는 강한 엄마이다.

아
또
와
로
띠

'아또'와 '로띠'.

말레 마을 사람들에게 아또와 로띠는 가장 친숙한 단어이다. 아또는 옥수수 가루로 만든 밥. 그리고 로띠는 옥수수 가루로 만든 네팔식 **빵**이다. 일조량이 워낙 적어 농작물이 잘 자라지 않지만 그나마 말레 마을에서 가장 많이 수확되는 곡식은 옥수수다. 옥수수는 알갱이째 팝콘처럼 튀겨 먹기도 하지만 대부분 가루를 내어 아또와 로띠를 만들어 먹는다. 구멍가게 하나 없고 먹을거리가 다양하지 않은 말레 마을 사람들에게 로띠는 때로는 주식이 되기도 하고 때로는 간식이 되기도 한다. 이들은 보통 하루 두 끼를 먹는데, 아침에는 옥수수 밥 아또를, 저녁에는 쌀밥을 먹는다. 하루 종일 일을 하지만 점심은 찌아(우유에 차, 설탕을 넣어 끓이는 네팔식 밀크티) 한 잔이 전부이거나, 오후 네다섯 시쯤 배가 출출해질 때 로띠를 구워 먹기도 한다. 대신 저녁은 든든하게 흰 쌀밥

말레 마을에서 가장 가난한 집이지만 가장 아름다운 미소를 지닌 미나네 아이들

을 지어 하루의 피곤함을 달랜다.

"저녁때가 되면 아이들은 로띠를 나누어 먹어요.
아이들은 밥을 원하지만 그러지 못하죠. 너무 가슴이 아파요."

스물다섯 살 미나 판데와 네 아이들은 말레 마을에서 제일 가난한 가족이다. 그들에게 아또와 로띠는 가장 절실한 이름이다. 아침 식사 시간, 아또를 접시에 담는 미나의 손길도, 아또를 입에 넣는 아이들의 손길도 쉴 새가 없다. 아홉 살, 여덟 살, 여섯 살, 다섯 살. 한창 먹고 뛰어다니고 자랄 나이라고는 하지만 그래도 네 아이의 왕성한 식욕은 놀랍기만 했다. 아이들 모두 호호 불어 채 식힐 틈도 없이 아또를 입 안에 밀어 넣었다. 뜨거울 법도 하지만 얼굴 한번 찡그리는 것으로 그만. 아

커피는
아이와 함께
자란다

이들은 순식간에 비운 접시를 미나에게 내밀고 또 내밀었다.

미나네 아이들에게 아침식사 아또는 하루 중 유일하게 먹는 밥이자 양껏 배불리 먹을 수 있는 유일한 음식이다. 다른 집에서 쌀밥을 먹는 저녁 시간에 미나네는 옥수수 밥도 아닌 옥수수 빵 로띠를 먹었다. 게다가 하루치 양을 정해놓고 먹어야 하니 아이들은 로띠마저도 마음껏 먹을 수가 없다. 아이들 앞으로 돌아가는 양은 딱 로띠 반 장씩. 미나는 로띠 두 장을 구워 반을 갈라 아이들에게 나눠준다. 때로는 그마저도 거르는 날이 많다. 미나네보다 살림이 여유로운 집은 하루 한 끼 쌀밥에, 감자나 커리 등의 음식을 곁들여 먹기도 하지만, 미나네 아이들은 옥수수밥과 로띠, 그리고 약간의 우유뿐이었다. 매일 아침이면 어김없이 반복되는 일상 속, 미나의 네 아이들은 하루 중 유일하게 먹을 수 있는 밥 아또를 아주 많이 먹었다. 그래야만 하루를 견딜 수 있으니까.

허리 한번 제대로 펼 날 없는 고된 미나의 하루가 또 지나간다.
내려앉는 눈꺼풀을 비비고 묵직해진 어깨를 매만지며
오늘도 미나는 어두운 부엌 한 켠에서
아궁이에서 나오는 매캐한 연기에 마른기침을 해가며 로띠를 만든다.
비록 만찬은 아니지만 허기진 아이들을 오늘도 따뜻하게 채워주길
간절히 바라면서 말이다.
그것은 우리가 말레 마을에 머무르는 동안 매일 저녁 본
미나의 일상이었다.

또래에 비해 일찍 철이 든 미나네 아이들
미나에게 가장 소중한 존재다

미나 가족을 처음 만나던 날, 카메라를 처음 본 아이들과 미나는 카메라 앞에서 우두커니 차렷 자세로 서 있기를 반복했다. 아마도 보통의 사진들처럼 기념사진을 찍는 것이려니 생각해서 그런 자세를 취했나 보다. 그래서 그들이 카메라 앞에서 자연스럽게 행동하기까지는 많은 시간을 필요로 했다.

흙벽으로 지어진 미나의 집은 방 하나, 부엌 하나 딸린 작은 초가집이다. 부엌에는 나무로 불을 지피는 아궁이 하나 덩그러니 놓여 있고 창가에는 단출한 가재도구 몇 개가 올려져 있을 뿐이다. 수도도 없고 환기통마저 없어 늘 아궁이의 연기로 자욱한 미나네 부엌. 초라한 부엌 풍경은 미나 가족의 자화상이었다. 미나 가족이 말레 마을에서 가장 가난한 까닭은 그들에게는 일을 해서 돈을 벌어줄 아빠이자 남편이 없기 때문이다. 네 아이들만 남겨두고 미나의 남편은 3년 전 결핵으로 세상을 떠났다. 그 후 미나의 삶은 달라졌다. 모아두었던 약간의 돈마저 남편의 병환으로 모두 써버린 상황이었고, 매일매일 그녀의 시간은 오직 네 아이들을 굶기지 않기 위한 노력으로 채워졌다. 겨우 스물두 살 나이에 홀어미가 되어버린 미나에게 현실은 너무나 가혹했다.

말레 마을에서 현금을 벌 수 있는 기회는 흔치 않았다. 힘 센 장정에게도 일거리가 없는 마당에 여인의 몸으로 할 수 있는 일은 더욱 드물었다. 그래서 미나는 뜨개질로 모자를 떠서 내다 팔거나 남의 집 일을 거들고 품삯을 받았다. 다행히 얼마 전부터 이웃인 데브라스 판데가 집 공사를 하게 되어 새 일자리가 생겼다. 아침 10시부터 저녁 6시까지 하루 온종일 일하고 받는 몫은 100루피(한화 약 1500원). 남자들은 200루피를 받지만 여자라는 이유로 그 절반밖에 받지 못한다. 짬짬이 이웃의 밭일을 거들고 곡식을 얻기도 했다. 우리가 본 미나는 아침부터 저녁까지 종종걸음을 하며 양식을 얻을 수 있는 일이란 일은 무엇이든지 덤벼들고 있었다. 그러나 하루가 다르게 자라는 아이들, 그 네 아이들을 배불리 먹이기란 미나 혼자 감당하기엔 너무나 벅찬 일이었다.

하지만 미나는 강한 어머니였다. 스물다섯 살이라는 어린 나이에도 불구하고 그녀는 아이들을 위해서라면 무엇이든지 해내는 강한 어머니였다. 미나와 이야기를 하다 보면 그녀가 늘 하는 말이 있었다.

"나는 할 수 있습니다. 아이들은 위해서라면 무엇이 두렵겠어요?"

눈을 빛내며 강한 어조로 말하는 미나. 하지만 이렇게 강한 미나도 언제나 가슴을 졸이며 두려워하는 것이 있었다. 그나마 남은 옥수수가루가 담긴 항아리의 바닥이 드러나는 것. 이번에 항아리가 바닥을 보이면 또 어떻게 채워야 할까…. 미나의 두려움은 현실로 다가오고 있었다.

나는 할 수 있습니다
아이들은 위해서라면 무엇이 두렵겠어요

미
나,
주
문
을
외
다

미나 판데, 그녀에게는 매일매일 빠짐없이 외치는 말이 있다.

"머두, 만주, 마야, 머니스."

그것은 세 딸과 외아들의 이름. 미나는 '얘들아'라거나 '너희들'이라는 식으로 부르는 법이 없다. 언제나 똑같이 네 아이들의 이름을 부른다. 마치 주문과도 같이.

그녀에게 네 아이의 이름은 희망을 부르는 주문과도 같았다.

큰딸 머두 판데. 올해 아홉 살, 스리람프라 학교 5학년이다. 큰딸답게 든든하지만 질풍노도의 사춘기를 겪고 있다. 그래서인지 요즘 들어 사소한 일로도 엄마에게 반항하는, 이제 제법 머리가 커진 딸이다.

둘째 딸 만주 판데. 여덟 살, 4학년이다. 일찍 철이 들어 속이 깊은 아이지만 남자아이처럼 보이는 외모 탓일까, 어쩐지 자신감이 없어 보일 때가 많다.

28

머두, 만주, 마야, 머니스. 미나네 아이들의 이름은 미나에게 희망을 부르는 주문이었다

셋째 딸 마야 판데. 여섯 살, 역시 같은 학교에 다니고 있다. 늘 웃음이 끊이지 않는 천진난만한 소녀이다. 카메라 앞에서 그 누구보다도 눈부신 미소를 짓곤 했다. 그래서 우리는 늘 마야를 포토제닉이라고 불렀다.

막내 머니스 판데. 다섯살, 올해 누나들과 같은 학교에 입학한 1학년 신입생이다. 막내답게 어리광이 심하지만 엄마를 가장 많이 생각하는 기특한 아들이다. 엄마가 밭일을 나가면 제 키보다 더 큰 삽을 들고 엄마를 돕겠다고 나선다. 그 때문일까. 미나 역시 네 아이들 중 유독 머니스를 챙길 때가 많다. 아마도 유일한 아들인 머니스는 미나에게 든든한 존재, 집안의 기둥이었을 것이다.

미나의 아이들은 우리를 유난히 잘 따랐다. 우리에게 이름을 물어보면 여자 제작진은 무조건 '언니', 남자 제작진은 '오빠'라고 알려주었다. 그래서 그들은 한국말로 자연스럽게 언니 오빠를 부르며 우리를 졸

커피는
아이와 함께
자란다

나마스테 언니
바이 오빠

졸 따라 다녔다. '나마스테 언니' '바이 오빠' 이렇게 재잘거리던 목소리가 지금도 귓가에 쟁쟁하다.

마나의 네 아이들은 보통의 아이들처럼 때로는 티격태격하기도 하고 서로 아옹다옹하기도 하지만 또래에 비해 모두들 일찍 철이 들었다. 공부도 집안일도 엄마가 말하지 않아도 제 몫을 찾아 했다. 엄마가 없을 때면 둘째 만주가 밥을 했고 셋째 마야는 염소 먹이를 주었다. 돈이 되는 일이라면 무슨 일이든 찾아 해야 하는 엄마의 사정을 잘 알기에, 미나네 아이들은 스스로 자신들을 돌보고 있었다.

의젓하고 든든한 네 아이들. 미나가 배불리 먹지 못해도 늘 배부를 수 있는 이유는 네 아이들 모두가 공부를 잘하기 때문이다. 취재를 위해 그들의 학교를 방문했을 때 선생님은 미나의 네 아이들을 입에 침이 마르도록 칭찬했다. 공부도 잘하고 머리도 똘똘하여 가르치는 보람을 가장 많이 느끼는 아이들이라고 말했다. 이런 아이들은 미나에게 언제나 커다란 자랑거리였다.

"아이들이 학교 가는 뒷모습을 보면 기분이 좋아요.
아이들이 학교에 가면 뭐라도 하나 배울 수 있으니까 너무 좋아요."

스물다섯 살 나이에 홀로 네 아이들을 책임져야 하는 고달픈 미나의 삶. 이 퍽퍽한 현실을 이겨내게 해주는 원동력은 오직 아이들이었다. 이 아이들의 미래가 자신의 노력으로 더 밝아질 수 있다는 믿음, 그 믿음으로 미나는 힘을 낼 수 있었다.

말레 마을에 짙은 어둠이 내리는 시간이 찾아오면 집집마다 환하게 전깃불을 밝히지만 미나의 집에서는 아주 흐릿한 불빛만이 새어나온다. 미나의 집은 옆집에 사는 싯다네 집과 함께 마을에서 유일하게 전기가 들어오지 않는다. 가난한 미나에게는 전기를 쓸 여유가 없다. 그래서 시장에서 기름을 사 와 밤마다 호롱불을 밝혔다. 그리고 그 흐릿한 불빛 아래 네 아이들은 옹기종기 모여 책을 읽는다.

전기도 들어오지 않는 미나네 집. 해가 지기 전에 공부를 해놨으면 좋으련만 그러기가 쉽지 않다. 학교에서 보통 서너 시면 돌아오지만 가방을 내려놓자마자 아이들은 바빠졌다. 풀을 베어 염소를 먹이고 엄마의 일이 늦어지면 대신 밥도 해놓아야 했다. 그래서 오롯이 공부할 수 있는 시간은 저녁 시간뿐. 호롱불 아래 사춘기 소녀 머두도, 신입생인 막내 머니스도 공부에 열심이었다.

그리고 이 작은 호롱불 학교에 선생님을 자처하는 사람, 바로 미나다. 잠시도 쉴 틈 없는 고된 일상 속에서 온몸은 녹초가 되었고 눈꺼풀은 당장이라도 내려앉을 지경이었지만 미나는 언제나 아이들의 공부를 도왔다. 아이들이 글을 쓰면 일일이 지우개로 지워가며 고쳐 써주었고 책 페이지마다 표시를 해가며 네 아이들 모두의 공부를 꼼꼼하게 챙겼다. 처음 우리가 취재할 때는 어쩌다 한 번 공부하는 것이리라 생각했지만 미나와 아이들은 매일 밤 한결같이 함께 공부했다.

하루하루 끼니를 걱정해야 하는 현실 속에서도 미나는 아이들의 교

미나의 작고 사랑스런 네 아이들.

머두, 만주, 마야, 머니스.

엄마의 그 간절한 바람을 아이들도 아는 걸까.

오늘도 미나의 집 호롱불 아래에는 네 아이들이 옹기종기 모여 있다.

호롱불의 검은 연기에 아이들은 연신 기침을 하면서도 멈추지 않고 책을 읽는다.

이 세상 엄마들을 가장 행복하게 해주는 소리.

네 아이들의 글 읽는 소리가 집 안 전체를 가득 메운다.

육만큼은 절대로 포기할 수 없다고 말했다. 미나는 네팔 산골 여인들이 으레 그렇듯이 많이 배우지 못했다. 초등학교도 제대로 나오지 못한 미나. 배우지 못했다는 사실은 그녀를 더욱 작고 초라하게 만들었다. 배움에 대한 열등감은 평생을 족쇄처럼 따라다닌다는 사실을, 냉정한 현실 앞에서 뼛속 깊이 겪고 느껴야만 했던 미나다. 그래서 그녀는 공부에서만큼은 열성 엄마를 자처한다. 아이들만큼은 자신처럼 고단한 삶을 살아가지 않기를 바라기 때문에, 배움만이 자신과는 다른 더 나은 미래를 아이들에게 안겨줄 수 있다는 것을 알기 때문이었다.

네 아이들을 위해 늘 다시 한 번 힘을 내는 미나. 그녀에게서 강한 엄마를 보았다

공부에서만큼은
열성 엄마를
자처하는
미나

오직 아이들의 미래를 위해서

그녀의 빨간 매니큐어

　우리가 미나와 함께 말레 마을에서 지낸 지도 꽤 시간이 흘렀지만, 미나는 좀처럼 웃지 않았다. 언제나 화가 난 듯, 혹은 지친 듯 생기 없는 얼굴이었다. 그녀의 나이는 스물다섯. 하지만 삼십 대, 때로는 사십 대라고 해도 믿을 만큼 지치고 빛을 잃은 모습이었다. 아침마다 먹성 좋은 네 아이들의 식사를 챙기느라 밥 한 끼 제대로 먹을 여유조차 없는 미나. 세 딸의 머리를 빗겨주고 막내아들 옷을 입혀주고 학교 가는 아이들을 배웅하고, 그렇게 한바탕 전쟁을 치르고 나면 그때부터는 더욱 고된 일들이 그녀를 기다리고 있다.

　네팔의 여성들은 노동을 많이 하는 편이고 특히 농촌의 여성들은 더했다. 아침에 눈 떠서 잠들 때까지 집안일에 농사일에 잠시도 쉴 틈이 없다. 하루 중 유일하게 허리를 펴고 쉴 수 있는 시간은 찌아 한 잔을 마시는 순간뿐이다. 그래서 찌아를 마시는 건 그녀들의 유일한 낙이자

억세게만 보였던 미나. 하지만 그녀의 빨간 매니큐어는 그녀 안에 숨어 있던 스물다섯 살 여인을 꺼내 보였다

위안거리다. 말레 마을의 여성들 역시 마찬가지였다. 아이들을 돌보지 않는 시간에는 가축들에게 먹일 풀을 베거나 밭일을 했다. 미나는 말레 마을 여성들 중에서도 가장 많은 일을 해야만 했다.

"남편은 일을 아주 열심히 했어요.
일이 끝나면 집에 와 아이들과 놀고 웃고….
생각이 나네요. 멋있었던 모습이…"

우리가 생전의 남편에 대해 물었을 때 미나는 이렇게 대답했다. 남편을 생각하는 시간조차 사치라 여기며 살았던 미나는 남편의 모습이 떠올랐는지 오랜만에 환한 미소를 지었다. 3년 전, 결핵은 남편을 앗아갔다. 남편은 좋은 사람이었다. 항상 미나를 아껴주고 예뻐해주던 남편이

자상하고 사랑 많던 남편이 남기고 간 네 명의 아이들. 머두, 만주, 마야, 머니스

었다. 미나는 열여섯 살에 남편과 결혼해서 고작 7년을 부부로 살았다. 성실하고 자상한 남자, 그리고 그 사랑하는 남편이 남기고 간 네 명의 아이들. 남편의 빈자리는 그녀를 혹독한 삶 속으로 이끌었다. 아이들이 배고프다 울며 보챌 때, 쌀 살 돈을 벌기 위해 남자들과 똑같이 험한 일을 해야 할 때, 천근만근 무거운 몸을 이끌고 집으로 돌아올 때, 그렇게 그녀에게 짐 지워진 삶의 무게가 무거워질 때마다 남편의 빈자리는 커져만 갔다. 그래도 미나는 남편이 떠난 후, 남편의 사진을 꺼낸 적이 없다고 한다. 가끔 아빠가 보고 싶다는 아이들을 위해 꺼내긴 했지만, 홀로 있을 땐 보지 않으려 했다. 사랑했던 그 사람을 힘들게 보내야만 했던 절망, 그때의 아픔이 고스란히 되살아나는 것 같아 그녀는 애써 생각하지 않았다.

언비까의 화려한 방에서 미나는 보기 드물게 환한 웃음을 짓곤 했다

버석버석 소리가 날 것처럼
말라버린 그녀에게도
꾹꾹 눌러 숨겨둔 스물다섯 살 여인의
모습이 있었다

버석버석 소리가 날 것처럼 메말라버린 그녀. 그런데 어느 날 우리는 미나에게 아주 생소한 모습을 발견했다. 밭일을 하며 드러난 그녀의 발. 거칠어질 대로 거칠어진 그 발가락에는 빨간 매니큐어가 칠해져 있었다. 그녀의 발을 보며 우리는 궁금해졌다. 삭막해진 그녀의 얼굴 너머 어디엔가 꾹꾹 눌러 숨겨둔 스물다섯 미나의 얼굴이 있는 건 아닐까.

그 궁금증은 그녀의 친구 언비까와의 만남에서 풀렸다. 언비까는 말레 마을의 이장격인 데브라스 판데의 제수였다. 그녀의 남편은 멀리 인도로 이주 노동을 떠났고, 그래서 남편의 형인 데브라스 집에서 함께 지내고 있었다. 동갑인 미나와 언비까는 가장 친한 친구였다. 늘 웃음이 많고 활달한 언비까의 모습은 미나와는 영 딴판이었지만 그래도 남편 없이 지내는 비슷한 상황 때문이었는지 두 사람은 자주 어울렸다. 두 친구가 만나 주로 시간을 보내는 곳은 언비까의 방이었다. 풍족한 살림에다, 도시 생활을 해서 그런지 언비까의 방은 미나의 방과는 전혀 다르게 화려했다. 예쁘게 치장하는 것을 좋아하는 언비까는 여기저기 장식들로 가득 채웠다. 그리고 언비까의 그 화려한 방에 들어서면 미나가 달라지기 시작했다. 우리에겐 너무나 낯선, 환한 얼굴로 함께 수다를 떨고 매니큐어도 바르며 즐거워하는 미나. 그녀도 스물다섯 여인이었다. 그녀 역시 예쁜 옷도 좋아하고 은근히 멋도 부릴 줄 아는 여인이었다.

미나는 사람들과 잘 어울리지 못했다. 사람들은 그 이유가 그녀 때문이라고, 언비까처럼 잘 웃지도 않고 사근사근하지도 않기 때문이라고 했다. 힘든 현실에 찌들어 가끔 나타나는 불같은 성격 탓일 수도 있다고 생각했지만, 우리가 바라본 미나는 자존심을 지키기 위해서라는 이유가 더 맞는 듯했다. 악착같이 살아내야 하는 그녀에게 자존심은 어쩌면 사치스러운 것일 수도 있다. 하지만, 이 작은 마을 안에서조차 자신보다 많이 가진 사람들이 있다는 것, 내려다볼 아래도 없이 언제나 위만을 바라봐야 한다는 것, 그것을 인정해야 하는 그녀에게 자존심은 스스로를 지키는 보루같은 것이었다.

언비까의 화려한 방에서 나오면 미나는 다시 자신의 초라한 방으로 돌아가야 했다. 온갖 치장이 가득한 언비까의 방과는 달리 휑하기만 한 그녀의 회색 방. 마치 신데렐라가 마법에서 풀리듯 그녀는 회색 방 한 켠 창가에 앉아 숨을 고른다. 오직 낡은 거울과 오래된 매니큐어 하나가 덩그러니 놓여 있는 창가. 그래도 오롯이 자신만을 위한 유일한 공간이다. 가난한 그녀의 화장대. 그곳에서만큼은 홀로 네 아이를 키우는 억척스러운 엄마가 아니다. 우리는 그 창가 앞에서 미나가 다시 스물다섯 여인이 되는 것을 보았다.

낡은 거울과 오래된 매니큐어 하나가 놓인 창가
잠시 고단한 일상과 불안한 앞날을 잊어본다

염소를 춤추게 한 커피

잊지 말아야 할 것, 그것은 우리의 미나가 커피 농부라는 사실이다. 미나는 없는 형편에도 불구하고 큰 맘 먹고 전 재산을 털어 비싼 값을 주고 커피 묘목을 심었다. 몇 백 그루씩 대규모로 커피 농사를 짓는 마을 사람도 있지만 그만한 여유가 없는 미나네는 겨우 열다섯 그루로 시작했다. 이 열다섯 그루의 커피나무는 미나의 가장 중요한 재산이다. 어렵게, 정말 어렵게 커피 묘목을 구입한 이유는 오직 아이들의 미래를 위해서였다. 하루하루 끼니를 걱정해야 하고, 아이들은 점점 자라고, 게다가 무상교육인 초등학교를 졸업하고 나면 학비에 차비까지 들어가는 상급학교가 기다리고 있었다. 앞이 보이지 않는 까마득한 현실이지만 미나는 커피 농사를 지어 현금이 생기면 아이들 색연필과 학용품을 마음껏 사주고 싶어 했다. 아이들의 미래를 생각한다면 하루 벌어 하루 먹는 삶으로 버틸 수만은 없었다. 그런 상황에서 희망을 준 것은 커피

커피의 기원이 염소에서 비롯됐다는 걸 몸소 보여주는 말레 마을 염소들

였다. 몇 해 전부터 커피 농사를 지어 현금을 버는 마을 사람들을 보며 미나는 결심했다. 자신도 커피 농부가 되겠다고. 커피를 잘 키워 아이들을 잘 키우겠다고. 그래서 없는 돈을 탈탈 털어 비싼 커피 묘목을 사서 집 앞 비탈에 심어두었다.

인류는 커피를 어떻게 먹게 되었을까. 그 시작에 대해서는 의견이 분분하지만 그중 가장 널리 알려진 기원설은 '칼디의 전설'. 칼디라는 에티오피아 목동이 자신의 염소가 정체 모를 빨간 열매를 먹은 후 춤을 추듯 활발해지는 것을 보고, 자신도 호기심에 이끌려 그 열매를 먹고 나니 피곤함이 가시고 정신이 맑아져 염소들과 함께 춤을 추었다는 이야기다. 염소를 춤추게 한 커피. 그 칼디의 전설이 정말 맞을지도 모르겠다고 생각하게 만든 것은 미나네 염소였다. 아침이면 쉴 새 없이 비

커피나무를
호시탐탐 노리는
천방지축 염소들과
커피를 지키려는
아이들의
실랑이는 멈추지 않았다

우고 내미는 네 아이들의 밥그릇을 채워주는 미나의 전쟁은 그것으로 끝이 아니었다. 다음은 염소들과의 한바탕 전쟁이 기다리고 있었다. 미나에게는 두 마리의 염소가 있다. 앞 다리에 마치 붕대를 감은 모양의 하얀색 띠가 있어서 우리는 그 염소들을 '붕대 염소'라고 불렀다.

말레 마을 사람들에게 부엌은 특별한 공간이다. 흙으로 지어진 집 한 켠에 있는 부엌은 단순히 음식을 만드는 공간이 아닌, 잠자는 것을 제외한 거의 모든 생활이 이루어지는 장소이다. 때로는 가족이 모여 정겨운 식사를 하는 식탁이 되기도 하고, 때로는 부부가 다정하게 담소를 나누는 응접실이 되며, 때로는 아이들이 책을 읽는 공부방이 되기도 한다. 문턱 없이 누구에게나 열린 공간. 그런데 부엌은 사람뿐만 아니라 염소에게도 열린 공간이었다. 아이들이 식사를 마치고 부엌에서 나가면 이제 겨우 한술 뜨려는 미나. 하지만 부엌으로 돌진해 들어오는 염소들 등쌀에 미나는 제대로 밥 한술 넘기기가 힘들었다. 결국, 많지 않은 자신의 몫마저 염소들에게 양보하고 일어나기 일쑤였다.

네 아이들만큼이나 먹성 좋은 미나네 염소. 그런데 문제는 염소들이 노리는 것이 미나의 밥뿐만이 아니라는 것이다. 눈에 보이는 먹을 만한 것은 일단 달려들어 먹어치워 버리는 천방지축 염소들. 얼마 전부터 붕대 염소 일당이 표적으로 삼기 시작한 것은 다름 아닌 집 앞 비탈에 심어놓은 커피나무였다. 커피나무의 잎을 하나둘 뜯어 먹던 염소들이 그 맛에 푹 빠져버린 것이다. 이후 염소들은 호시탐탐 기회를 노리며 커피나무 공략에 나섰다. 사실 미나의 커피 농사는 마음처럼 잘 되지 않았다. 당장 벌이를 하느라 제대로 돌보지 못했더니 열다섯 그루 중 일곱 그루 정도밖에 살아남지 못했다. 그런데 살아남은 커피나무마저 염소 밥으로 뜯어 먹힐 위험에 처한 것이다. 염소 담당인 아이들이 학교에 가버리고 나면 커피는 완전 무방비 상태가 되었고, 염소들의 공격으로 무성했던 커피나무는 어느새 앙상하게 알몸을 드러내고 말았다. 커피를 노리는 염소, 그리고 커피를 지키려는 미나 가족의 치열한 실랑이는 멈추지 않고 계속되었다.

　사정을 모르는 사람들은 염소를 우리에 가두라고 조언할지도 모른다. 하지만 염소를 마냥 가둘 수만은 없었다. 말레 마을 사람들에게 염소는 가족 다음으로 소중한 존재다. 1년에 두 번 새끼를 낳고 한 마리에 7천 루피(한화 약 10만 원)의 값을 받는 염소. 현금을 만질 기회가 거의 없는 말레 마을 사람들에게는 너무나 큰 재산이었다. 게다가 농사지을 제대로 된 밭 하나 없는 미나 가족에게는 염소를 건강하게 잘 기르는 것이야말로 무엇보다 중요한 일이었다. 어린 염소를 가둬두면 잘 자라지 않기 때문에, 비록 커피나무가 위태로울지언정 한창 잘 크고 있는 미나네 염소들을 가둬둘 수는 없었다. 신나게 뛰어다니며 야생의 습성을 마음껏 즐기는 염소들. 유독 먹성이 좋아 먹을 것이라면 닥치는 대로 먹어치우는 천방지축 염소 일당. 어디선가 그 염소들의 '붕대' 다리가 보이는가 싶으면 눈 깜짝할 새에 커피나무 잎 몇 개가 그 녀석들의 희생양이 되고 만다. 미나와 아이들이 달려가 보지만 이미 상황 종료. 평지에 있어 염소들의 표적이 된 몇 그루의 커피나무는 점차 앙상한 가지를 드러내고 있었다.

염소로부터 커피나무를 지키기 위한 특단의 조치. 마을 사람들이 커피나무 보호용 울타리를 만들고 있다

며칠 후 우리가 미나네 집을 다시 찾았을 때,
미나는 웬 막대기에 물을 주고 있었다.
가까이 다가가서 보니 설마.
이파리 하나 달려 있지 않은 그 막대기는
바로 커피나무였다.

며칠 후 우리가 미나네 집을 다시 찾았을 때, 미나는 웬 막대기에 물을 주고 있었다. 가까이 다가가서 보니 설마. 이파리 하나 달려 있지 않은 그 막대기는 바로 커피나무였다. 급한 대로 미나가 물을 주며 회생을 기대하고 있었지만 그것도 별 가망성이 없어 보였다.

이제는 남은 커피나무들을 지키기 위해서라도 특단의 조치가 필요한 상황이었다. 결국 보다 못한 마을 사람 몇몇이 팔을 걷어붙였다. 염소를 가둘 수는 없는 상황이니 대신 커피나무를 보호하는 울타리를 만들어 쳐놓기로 한 것이다. 커피나무 보호용 울타리로 일단 대비는 해놓았지만 미나는 걱정을 거둘 수 없다. 과연 힘도 세고 잘 뛰어넘어 다니는 염소들에게 효과가 있을까. 걱정되는 마음에 붕대 염소들까지 잠깐 줄로 묶어놓아 보지만 어디까지나 임시방편일 뿐이다. 그래도 미나는 다시 앙상한 커피나무에 물을 주었다. 커피나무로서 생명을 다했는지도 모르지만, 결국은 빨간 커피 열매를 맺지 못할지도 모르지만, 미나는 이대로 포기할 수 없었다. 물을 준다고 죽은 커피나무가 살아나지는 않겠지만, 커피는 미나 가족의 유일한 희망이기에 미나는 오늘도 커피나무에 물을 준다.

2
—
커피는 슬픔을 이기는 법을
가르쳐주었다

Himalayas Coffee Road

형제의 밭을
일구는
소년 농부의
꿈

말레 마을에서 가장 높은 곳에 위치한
꼭대기 집에는 움나트, 수바커르, 꺼멀라 삼남매가
엄마 다니사라와 함께 살고 있다.
그들에게 커피란 꿈꿀 수 있는 미래였고
다시 만난 희망이었다.

형제의 밭

    말레 마을은 마을 자체가 워낙 경사진 곳에 형성돼 있어 집에서 집으로 가는 길은 거리도 만만치 않고 수월하지도 않았다. 열한 가구가 고작이지만 아침마다 이 집 저 집을 다니다 보면 마치 하루 종일 등산하는 기분이 들었다. 특히 마을에서도 가장 높은 곳에 자리하고 있는 일명 '꼭대기 집'이라 불리는 움나트네 집은 우리가 가장 힘들게 올라가야 하는 코스였다. 그 꼭대기 집은 움나트, 수바커르, 꺼멀라 삼남매가 엄마 다니사라와 함께 사는 집이다. 올해 열여덟 살인 장남 움나트가 이 꼭대기 집의 임시 가장이다. 아버지가 인도로 이주 노동을 떠난 후, 움나트는 어린 나이에 두 동생과 어머니를 돌보는 가장 역할을 맡게 되었다.

    아침 식사를 마친 후, 수바커르와 꺼멀라가 학교로 향하는 그 시각, 장남 움나트는 학교가 아닌 밭으로 향했다. 소를 몰고 밭을 갈아야 하

형제의 밭에 커피 묘목 심을 구덩이를 파는 수바커르

기 때문이다. 다른 이의 밭을 소작하는 대가로 움나트가 받는 돈은 하루 200루피(한화 약 3000원). 꼭대기 집에서 움나트의 벌이는 없어서는 안 될 주요한 수입원이었다. 열여덟 살이면 움나트 역시 상급학교에 다녀야 할 나이였지만 움나트는 학교에 가는 대신 밭으로 향해야만 했다.

사실 움나트는 전교 1등을 놓치지 않았다. 주위의 기대를 한 몸에 받는 수재였고 움나트 역시 자연스럽게 상급학교 진학을 꿈꾸었다. 하지만 진학은 움나트의 소망만으로는 이루어질 수 없는 일. 학비에 학용품, 게다가 상급학교는 말레 마을에서 워낙 멀어 차비까지 필요한 상황이었다. 움나트뿐만 아니라 말레 마을 아이들 중에서 상급학교에 가는 경우는 손가락에 꼽을 정도로 드물었다.

이런 현실의 벽을 너무나 잘 알고 있던 움나트는 스스로 진학을 포기했다. 장남으로서 어려운 집안 살림을 모른 척할 수는 없었고, 한 푼이

묵묵히 밭을 가는 소처럼, 옴나트는 듬직하고 믿음직스러운 가장이다

라도 벌어서 살림에 보태는 것이 장남의 역할이라 생각했다. 그래서 학교를 때려치웠다며 겸연쩍게 말하는 움나트. 하지만 아직도 학교에 대한 미련이 그의 마음을 심란하게 하고 있는 것만 같았다.

같은 마을 동갑내기 친구인 프라카스는 넉넉한 집안 환경 덕분에 상급학교에 진학했다. 자신보다 한참 뒤떨어진 성적이었던 친구가 상급학교 교복을 입고 등교하는 모습을 봐야 했던 움나트. 마을 전경을 촬영하던 우리는 마침 학교 갔다 돌아오는 프라카스를 보았다. 그리고 그때, 소를 몰고 밭을 갈며 말없이 프라카스의 파란 교복을 바라보던 움나트의 부러움 가득한 눈빛도 보았다. 그 부러움과 속상함을 이겨내기 위해 더 열심히 일하는 듯 보였던 움나트. 하지만 그런 그에게도 상급학교 진학이 아닌 새로운 목표가 생겼다. 바로 커피 농사였다. 마을 어른들이 커피 농사를 지어 돈을 버는 모습을 본 움나트는 비록 어린 나이지만 커피 농사가 자신의 어깨에 지워진 짐을 덜어주리라는 사실을 깨닫게 되었다. 영특한 움나트는 소년 가장인 자신의 상황을 역전시킬 유일한 희망으로 '커피'를 품게 된 것이다.

2년 전, 움나트는 3일 동안 밥도 굶으며 걸어가서 '턱사르'라는 이웃마을에서 커피 묘목 이백오십 그루를 직접 사 왔다. 그 돈은 움나트가 소작농을 해서 번 돈과 집에 있는 돈을 모두 탈탈 털어서 마련한 것이었다. 그 묘목 이백오십 그루는 움나트의 전 재산이자, 결단이 필요한 투자였다. 커피나무는 심은 지 3년이 지나야 커피 열매를 맺을 수 있다. 또, 옥수수와 밀 밭으로 쓰던 땅을 다 갈아엎고 그 자리에 커피나무를

이들에게 '커피'란 '희망'의 또 다른 이름이다

심어야 했기 때문에 움나트로서는 아주 큰 결심이었고, 몇 년간의 미래를 건 도전이었다.

올해 움나트는 백 그루의 커피나무를 더 심기로 했다. 그래서 틈틈이 동생 수바커르와 함께 새로운 커피 묘목을 심을 구덩이를 파기 시작했다. 소년 둘이 한꺼번에 커피 구덩이 백 개를 팔 수는 없었기 때문에 조금씩 매일 구덩이를 파서 곧 다가올 우기에 커피 묘목을 심을 예정이었다. 수바커르가 학교에서 돌아올 시간이 되면 움나트는 연장을 챙겨 들고 먼저 밭으로 향했다. 그리고 커피 묘목을 심을 장소의 간격을 띄엄띄엄 표시하며 구덩이를 파기 시작했다. 그러다 수바커르가 학교에서 돌아와 구덩이 파기에 합류하면 형제는 힘든 줄도 모르고 서로 농담을 해가며 땅에 몰두하곤 했다.

그렇게 석양이 질 때까지 형제는 밭에서 시간을 보냈다. 우리는 그들의 다정한 모습을 촬영하며 내내 행복한 미소를 지을 수 있었다. 형제가 같이 판 그 구덩이에 심겨질 커피 묘목이 움나트의 가족을 행복하게 만들어주리라는 희망을 가질 수 있었기 때문이다. 움나트는 커피 농부가 된 자신의 선택이 틀리지 않았음을 증명이라도 하듯 정말 열심히 일했다. 아침 6시부터 저녁 6시까지 그렇게 움나트의 하루는 바쁘게 지나갔고, 그의 땀은 항상 가족의 기쁨으로 이어졌다.

지난 수확 철에는 움나트가 시험 삼아 집 마당에 심은 커피나무에서 16킬로그램이나 되는 커피를 수확했다. 움나트는 처음으로 수확한 커피를 팔아 번 돈으로 동생들에게 신발과 색연필을 사주었다. 특히 꺼멀라는 큰오빠가 사준 그 색연필을 신줏단지처럼 소중히 보관하고 아까

석양이 질 때까지 형제는 밭에서 시간을 보내곤 했다.

우리는 그들의 다정한 모습을 촬영하며 내내 행복한 미소를 지을 수 있었다.

형제가 같이 판 그 구덩이에 심어질 커피 묘목이

움나트의 가족을 행복하게 만들어주리라는

희망을 가질 수 있었기 때문이다.

초록색 커피나무와 단란한 가족의 모습은
꺼멀라가 그리는
총천연색 꿈의 모습이다

워서 잘 쓰지도 못한다고 했다. "커피가 색연필을 줬어."라며 친구들에게 늘 자랑스럽게 이야기하곤 하는 꺼멀라. 어느 날 오후, 꺼멀라가 그 보물 1호를 꺼내 들었다. 마당 한 켠에서 열심히 그림을 그리기 시작한 꺼멀라는 엄마와 아빠, 오빠들과 자신이 모두 모인 단란한 가족을 그리고 있었다. 아마도 아빠가 인도로 이주 노동을 가기 전 가족 모두가 한 지붕 아래 살았던 모습을 그리는 듯했다. 그리고 꺼멀라는 가족 옆에 커피나무를 그려 넣었다. 초록색 커피나무와 단란한 가족의 모습. 그것은 꺼멀라뿐 아니라 가족 모두가 그리는 미래의 모습인 듯했다.

움나트가 심은 커피나무들은 잘 자라고 있었고, 동생 수바커르와 함께 일구기 시작한 '형제의 밭'이 완성되면 올해는 더 많은 커피나무를 심을 수 있다. 이대로만 간다면 아버지가 돌아오실 때쯤이면 커피 밭 가득 열린 빨간 커피 열매들을 아버지께 자랑스레 보여드릴 수 있을 것이다. 그렇게 커피나무와 함께 열여덟 살 커피 농부 움나트의 꿈도 무럭무럭 자라고 있었다. 우리도 전혀 예상하지 못했던 거센 빗줄기가 말레 마을을 적시기 전까지는….

커피는
슬픔을 이기는 법을
가르쳐주었다

잃어버린 커피나무

이런 폭우는 정말 오랜만이라고 했다. 시간이 지날수록 잦아들기는커녕 더욱 굵어지는 심상치 않은 빗줄기. 그렇게 밤새도록 비가 쏟아진 후, 다음날 '꼭대기 집' 움나트네는 깊은 슬픔에 잠겼다. 쏟아진 비 때문에 마을 위로 흐르던 수로가 넘치면서 산사태가 일어났다. 경사가 매우 심한 말레 마을은 늘 산사태의 위험을 안고 있다. 게다가 워낙 오지 마을이다 보니 관개시설도 열악한 상황이었다. 그런데 하필 수로의 물과 흙더미가 수로 바로 아래 있던 움나트의 커피 밭을 덮쳐버린 것이다.

비가 그친 후 아침 햇살에 벌겋게 속살을 드러낸 움나트의 커피 밭. 분명 어제까지 푸른 잎이 무성한 커피나무들이 건강하게 자라고 있었는데, 그만 모두 사라져버렸다. 움나트가 고생하며 심어두었던 커피나무 이백오십 그루 중 단 삼십여 그루만이 산사태에 힘겹게 살아남았다. 산사태는 커피 밭만 앗아간 것이 아니었다. 움나트의 꿈도, 가족의 희

움나트의 커피나무는 온 가족의 미래를 걸고 함께 가꾼 희망의 나무였다

망도 앗아가버린 듯 보였다. 움나트가 사흘 동안 걸어가서 사 왔던 커피 묘목, 그리고 그런 형을 도와 열심히 구덩이를 팠던 수바커르, 비료와 거름을 옮겨주며 두 아들을 자랑스레 바라보던 엄마…. 온 가족의 미래를 걸고 함께 일구었던 움나트의 커피 밭이 하룻밤 사이에 쏟아진 비로 사라져버린 것이다.

수마가 휩쓸고 간 움나트의 커피 밭은 엉망이었다. 시뻘건 흙더미와 떠내려온 풀들로 어지럽게 엉킨 커피 밭. 무슨 일이든 항상 의연했던 움나트의 엄마도 이 처참한 광경 앞에서는 소리 내어 울고 있었다. 그런 엄마 옆에서 움나트도 하염없이 눈물을 흘렸다. 움나트의 눈물, 그것은 절망이었다. 열여덟 살 어린 농부 움나트는 자기 몸의 일부가 떨어져나간 듯 넋을 잃고 눈물만 흘리고 있었다.

자연은 그들에게 계속해서 시험을 내주는 듯했다

자기 몸의 일부가 떨어져나간 듯
눈물만 흘리던 움나트

그것은 고난이고 절망이었다

머리에 인 짐처럼
그들에겐 짊어지고 갈 운명이 있었다

"다른 것을 심었더라면 먹을 것이라도 나왔을 텐데….
　그걸 다 포기하고 커피를 심었어요. 가슴이 너무 아파요."

　산사태가 일어나고 얼마 후, 우리는 평소와는 다른 움나트의 모습을 보았다. 항상 이른 아침부터 열심히 밭을 일구던 움나트. 그것이 우리가 늘 보았던 움나트의 모습이었다. 하지만 그날 밭에서 소를 몰고 있는 사람은 움나트가 아닌 동생 수바커르였다. 우리는 의아한 마음에 움나트가 어디 갔는지부터 물었다. 그러자 수바커르는 형은 아직 자고 있다고 대답했다. 항상 이른 새벽부터 부지런히 일하던 움나트만 보아왔던 우리는 설마 하는 마음에 수바커르를 따라 꼭대기 집으로 향했다. 우리는 그곳에서 예상치 못했던 상황과 마주하게 되었다.

　동생은 벌써 밭을 다 갈고 엄마는 허리가 휘어지도록 풀을 베어 짊어지고 왔는데 그 시간까지 움나트는 자고 있었다. 우리가 깨워도 일어나지 않더니 해가 중천에 뜨고 나서야 부스스 일어난 움나트. 이른 아침부터 바지런히 움직이던 믿음직한 가장의 모습은 온데간데없었다. 그런 아들의 모습에 굳게 입을 다문 엄마. 그런 엄마의 마음을 아는지 모르는지 움나트의 태도는 좀처럼 달라지지 않았다.

　불만 가득한 표정과 넋이 나간 듯한 눈빛. 모든 일은 동생에게 떠맡긴 채 움나트가 하는 일이라고는 방 안에 틀어박혀 하루 종일 라디오를 듣는 것이었다. 엄마가 싫은 내색을 하면 할수록 더욱 높아지는 라디오 소리. 방 안에서 나와 활동하는가 싶으면 윗마을로 놀러가 불량한 친구들과 어울려 노는 움나트. 마치 질풍노도의 사춘기 소년처럼 엇나가기만 했다. 어쩌면 움나트는 그동안 가장으로서의 책임감 때문에 사춘기를 겪을 겨를도 없이 달려온 것인지도 모른다. 산사태 사건으로 커피를 잃고 또 희망을 잃은 움나트는 늦은 사춘기로 방황하는 듯 보였다. 그리고 그런 아들의 방황에 점점 더 실망하는 엄마. 움나트의 동생들은 엄마와 움나트의 분위기 때문에 눈치 보기에 바빴다. 차라리 서로 언성을 높여 다투기라도 하면 더 나았을지도 모른다. 그 두 사람 사이에 흐르는 긴장감으로 꼭대기 집은 무겁게 가라앉아 있었다.

그로부터 얼마 후, 우리는 마을 사람들로부터 움나트가 인도로 떠날 것이라는 소식을 들었다. 절망감에 방황하던 움나트는 결국 아버지가 계신 인도로 이주 노동을 떠나기로 결심한 것이다. 네팔의 많은 젊은이들은 가난 때문에 해외로 이주 노동을 떠난다. 한국에서도 네팔 노동자들을 많이 만날 수 있듯 그들은 두바이, 카타르, 인도 등 돈을 벌기 위해 가족을 남겨놓고 낯선 외국으로 향한다. 그러나 움나트는 달랐다. 그는 고향을 지키고 땅을 지키며 가족들과 함께했었다. 하지만 이번 산사태로 커피나무를 잃은 움나트는 다시 새로운 시작을 위해 이주 노동을 떠나기로 결심한 것이다. 가난한 움나트는 커피나무를 살 돈이 없을 뿐더러, 당장은 다시 커피 농사를 지을 엄두가 나지 않는 듯 보였다.

움나트가 우리에게 인도로 떠난다고 말했을 때 그의 결심은 이미 확고해 보였다. 하지만 떠나는 날까지도 움나트는 끝내 엄마에게 직접 그 이야기를 하지 않았다. 어쩌면 움나트는 엄마에게 그 말을 전할 용기가 없었는지도 모른다. 엄마는 마을 사람들을 통해 아들의 인도행을 전해

방황하는 움나트와 그런 움나트가 못마땅한 엄마
그 두 사람 사이에 흐르는 긴장감으로 꼭대기 집은 무겁게 가라앉아 있었다

받아들이고 싶지 않았지만
이별의 시간은 다가왔다

들었지만 엄마 역시 아들에게 모른 척 아무 말도 하지 않았다. 절망을 이기지 못하고 방황하는 아들이 속상하고 이해되지는 않았지만, 그래도 아들이 떠나는 건 싫었다. 남편이 인도로 간 이후 큰아들 움나트는 줄곧 집안의 가장 자리를 지켜주었다.

남편에 이어 큰아들까지 떠나보내야 하는 현실. 받아들이고 싶진 않았지만 그날은 점점 다가오고 있었다. 드디어 움나트가 인도로 떠나기 전날 밤, 그날은 유독 보름달이 밝았다. 우리가 꼭대기 집을 찾았을 때 움나트의 엄마는 찌아를 끓이고 있었다.

말레 마을에서는 누군가 외지로 떠날 때 마을 사람들이 모두 모여 송별회를 여는 전통이 있다. 때문에 송별회를 준비하는 집에서는 마을 사람들 모두가 함께 나누어 먹을 음식을 마련해야 한다. 하지만 움나트의 송별회 날, 마을 사람들에게 대접할 음식은 오직 찌아 한 잔뿐이었다. 넉넉하지 않은 형편에 갑작스러운 산사태로 경황이 없었던지라 제대로 된 음식은 엄두도 내지 못했다. 그나마 우유도 이웃인 둘씨람에게 빌린 돈으로 장만한 것이었다. 움나트가 인도로 떠날 때 필요한 경비도 빌린 돈으로 마련했다.

엄마가 부엌에서 찌아를 끓이는 동안, 움나트는 마을 사람들과 함께 노래를 불렀다. 둥근 보름달 아래 마을 사람들은 둥그렇게 모여앉아 북을 두드리며 노래를 불렀다. 어른 아이 할 것 없이 합창을 했고 마을 여인들 중 한 명씩 가운데로 나서서 춤을 추었다. 가족들을 위해 먼 길을 떠나는 말레 마을의 가장들. 이런 이별에 익숙한 말레 마을 사람들은 눈물 대신 흥겨운 춤과 노래로 사랑하는 이들의 안녕을 기원했다.

모두가 찌아를 나누어 마시고 노래를 부르며 움나트와의 이별을 준비하는 그 시간, 엄마는 먼발치에서 조용히 아들을 바라보고 있었다. 두 눈엔 눈물이 반짝이고, 엄마는 조용히 그것을 훔쳐낸다. 그녀는 겉으로는 웃고 있지만 마음속으로는 그렇지 않다고 우리에게 말했다. 가슴이 에이는 듯한 아픔을 숨기며 엄마는 그렇게 움나트를 보낼 준비를 하고 있었다.

"아들이 떠나지 않았으면 좋겠어요. 집에 있으면 위안이 되니까요."

아직 어둠이 채 가시지 않은 다음날 새벽, 부엌에서 움나트와 엄마가 마주 앉아 있었다. 모자는 그저 침묵을 지킬 뿐 그 누구도 말을 꺼내지 않았다. 아궁이에서 나무 타는 소리만 들려왔다. 엄마는 그저 갓 지은 흰 쌀밥을 수북이 담아 따뜻한 우유와 함께 건넸다. 움나트 역시 한마디 말도 없이 그것을 받아 들었다. 어느 때보다 가득 담아준 따뜻한 우유를 김이 모락모락 나는 밥에 말아 먹기 시작하는 움나트. 언제 다시 이렇게 따뜻한 엄마의 밥을 먹을 수 있을지 기약이 없다. 그리고 언제 다시 이렇게 아들에게 따뜻한 밥을 해줄 수 있을지 엄마도 알 수 없었다. 그러나 엄마와 아들은 아무 말도 나누지 않았다. 그저 꾹꾹 눌러 흰 쌀밥을 담아주고, 그것을 맛있게 먹는 것으로 서로에 대한 마음을 대신 전하고 있었다.

이제는 정말 떠나야 할 시간이 왔다. 사랑하는 가족이 어디서든지 건강하게 지내기를, 그리고 다시 무사히 돌아올 수 있기를, 신께 기원하

두 눈엔 눈물이 반짝이고, 엄마는 조용히 그것을 훔쳐낸다.

그녀는 겉으로는 웃고 있지만

마음속으로는 그렇지 않다고 우리에게 말했다.

가슴이 에이는 듯한 아픔을 숨기며

엄마는 그렇게 움나트를 보낼 준비를 하고 있었다.

이별은 언제나 슬프지만
그래도
떠날 수밖에 없다
움나트는 첩첩산중 고개를 넘어

말레 마을을 떠났다

는 마음으로 엄마는 움나트에게 티카(축복이 함께함을 기원하며 이마 한가
운데 붉은 칠을 해주는 힌두 의식)를 해주고 꽃목걸이를 걸어주었다. 차가
들어오는 큰길까지 가려면 한 시간 정도 걸어 나가야 한다. 그 지루한
길을 동생 수바커르가 함께 가기 위해 따라 나섰다. 가방을 둘러메고
집을 나서며 결국 움나트는 옷소매로 눈물을 훔쳤다. 다시 돌아올 것이
라는 기약만 남긴 채, 그렇게 그 새벽 열여덟 살 청년 농부 움나트는 첩
첩산중 고개를 넘어 말레 마을을 떠났다.

> "다시 돌아오면 산사태가 났던 자리에
>   커피 열매가 열려 있는 모습을 봤으면 좋겠어요."

커피는
슬픔을 이기는 법을
가르쳐주었다

꼭대기 집에 찾아온 희망

시간은 어김없이 흐른다. 유난히 큰 오빠를 따랐던 막내 꺼멀라에게도, 끝내 말 한마디 제대로 나누지 못한 엄마에게도, 움나트가 떠난 꼭대기 집에도 시간은 흐른다. 그리고 움나트의 빈자리는 점점 커져만 간다.

움나트가 떠난 그날 이후, 막내 꺼멀라는 며칠을 앓아누웠다. 오빠를 보내고 난 후 마음이 많이 아팠는지 몸살이 났기 때문이다. 오빠가 사준 색연필로 그린 가족 그림만이 덩그러니 붙은 꺼멀라의 어두컴컴한 방. 그 방에서 꺼멀라는 한참을 아파해야 했다.

꼭대기 집은 마을 안에서 가장 높은 곳에 위치해 있기도 했지만 다른 집들과도 많이 떨어져 있다. 그러다 보니 막내 꺼멀라는 다른 또래 친구들과 어울리기보다는 엄마와 함께 있는 시간이 많았다. 엄마 다니사라에게도 딸 꺼멀라는 친구 같은 존재였다. 언제나 함께인 다니사라와

다니사라와 꺼멀라는 움나트의 빈자리를 서로 보듬어가며 위로했다

꺼멀라 모녀. 아침밥도 함께 준비했고 풀을 베러 갈 때도, 채소를 다듬을 때도, 곡식을 햇볕에 내다 말릴 때도 언제나 함께였다. 그렇게 두 사람은 서로 보듬어가며 오빠와 아들이 없는 빈자리에 적응하고 있었다.

가축이 중요한 재산인 말레 마을 사람들에게 가축의 식량이자 천연 거름의 재료가 되는 풀은 항상 비축해두어야 할 중요한 필수품이다. 때문에 아이들과 여자들은 늘 풀 베는 일에 앞장선다. 더군다나 남편과 장남 모두 이주 노동을 떠나 일손이 부족한 꼭대기 집에서는 다니사라 모녀의 가장 중요한 일과가 되었다. 늘 반복되는 일상이지만 풀을 베고 집까지 메고 오는 일은 다니사라에게 가장 힘겨운 시간이었다. 풀은 자신의 소유지인 땅에서 베어 오는 것이 관례이기 때문에 꼭대기 집 모녀 역시 정해진 곳에 가서 베어 와야만 했다. 그런데 풀을 베는 곳이 집에서 40여 분이나 걸어가야 할 정도로 멀리 떨어진 곳이라 그 길은 더욱

커피는
슬픔을 이기는 법을
가르쳐주었다

우리 조금만 더 힘을 내요
가족 모두가 다시 모일 그날까지…

고되기만 했다.

무거운 풀 더미를 머리에 한가득 지고 냇가를 건너 험한 산길을 거슬러 올라 꼭대기 집까지 와야 하는 시간들…. 그럴 때면 남편과 아들, 아빠와 오빠의 빈자리는 더욱 커져만 갔다. 다니사라에게 세상에서 가장 힘든 일이 무엇이냐고 물어봤을 때 그녀는 잠시의 망설임도 없이 '풀을 베어 가득 지고 집으로 돌아올 때'라고 대답했다. 풀 더미 속에 파묻혀 보이지 않을 정도로 가득 풀을 지고 꼭대기 집으로 올라가는 다니사라 모녀를 보면 우리는 그녀들의 삶의 무게를 보는 듯 안타까웠다. 그래도 다니사라와 꺼멀라는 서로 의지하며 다시 힘을 내본다. 따뜻한 미소로 서로를 다독이며 오늘도 모녀는 서로에게 눈빛으로 말하고 있는지 모른다.

'우리, 조금만 더 힘을 내요. 가족 모두가 다시 모일 그날까지….'

꼭대기 집의 새로운 가장, 둘째 아들 수바커르에게도 시간은 흐른다.

움나트의 빈자리, 그것은 곧 수바커르가 꼭대기 집 가장 역할을 해야 한다는 것을 의미했다. 이제 겨우 열네 살. 이 어린 가장이 무엇을 할 수 있을까. 그 의문에 대한 답은 얼마 후 생각지도 못했던 모습으로 찾아왔다.

늘 묵묵히 형의 뒤만 따르던 동생. 그 어리기만 하던 수바커르의 눈빛이 움나트가 인도로 떠난 후 완전히 달라져버린 것이다. 무슨 일이든 해낼 것만 같은 의욕과 열정으로 반짝이는 두 눈…. 달라진 것은 눈빛만이 아니었다. 어느새 어린 소년에서 듬직한 가장으로 보일 정도로 의젓해진 수바커르. 우리는 한동안 그렇게 변신한 수바커르가 낯설기도 했다. 우리 다큐멘터리에서는 말레 마을 한 사람 한 사람이 모두 주인공이었다. 지금까지 꼭대기 집의 주인공이 움나트였다면, 이제 이야기의 중심에는 수바커르가 서 있었다. 마냥 어린 소년 같았던 수바커르가 그렇게 변해버린 데에는 형의 빈자리를 채워야 한다는 책임감이 작용한 듯했다. 하지만 무엇보다도 수바커르를 변화시킨 큰 힘은 커피에 대한 열정이었다. 말레 마을에서 지내는 동안 우리를 끊임없이 놀라게 만든 수바커르의 변신은 멈추지 않았다.

움나트와 함께 완성하기로 했던 형제의 밭. 비록 형은 없었지만 수바커르는 하루도 빼놓지 않고 홀로 그 밭을 일구었다. 형제의 밭을 완성하고 그곳에 백 그루의 커피 묘목을 새로이 심겠다는 약속. 형 움나트와의 약속을 지키기 위해 수바커르는 매일매일 묵묵히 흙을 퍼내고 밭을 일구었다. 이렇게 커피 구덩이를 파는 일은 꼭대기 집에 다시 한 번 삶의 희망을 심고 가꿀 용기가 되어주었다. 어느새 커피와 함께 부쩍 커버린 수바커르. 커피는 슬픔을 이기는 법도, 상처를 감싸는 법도 가르쳐주었다. 그 후로 우리는 커피에 관한 일이라면 언제 어디서든지 빠짐없이 참석해 제일 먼저 앞장서는 수바커르의 씩씩한 모습을 만날 수 있었다.

말레 마을에서뿐만 아니라 네팔의 대표적인 커피 생산지인 굴미(Gulmi) 지역을 통틀어 가장 어린 커피 농부. 열네 살 커피 농부 수바커르의 새로운 삶은 이제부터 시작이었다.

어느새 커피와 함께 부쩍 커버린 수바커르.
커피는 슬픔을 이기는 법도, 상처를 감싸는 법도 가르쳐주었다.
열네 살 커피 농부 수바커르의 새로운 삶은
이제부터 시작이었다.

3
—

커피가 두 번 익으면
아빠가 돌아와요

Himalayas Coffee Road

든든한 남자
다슈람의
가족 사랑
커피 사랑

가족의 행복을 위해

잠시 이별을 해야만 하는 다슈람 가족.

남은 가족에게 커피는

그리운 남편이자, 보고 싶은 아빠다.

커피가 두 번 익으면 돌아온다는 약속을 품고…

멋진 남자 다슈람

우기와 건기가 뚜렷한 말레 마을. 커피 농사는 물을 많이 필요로 한다. 그래서 말레 마을 커피 농부들은 우기가 되면 더욱 분주해진다. 그중에서도 가장 바빠지는 사람, '다슈람 판데'다. 건장한 체구에 잘생긴 호남 다슈람은 말레 마을에서 손꼽히는 성실한 농부다. 그의 나지막한 목소리와 선량한 외모는 우리에게 유독 강렬한 인상을 심어주었다.

다슈람은 우기가 되면 그동안 밀린 커피 농사와 함께 집안일까지 모두 돌봐야 했다. 그는 몇 년 전 두바이로 이주 노동을 떠났지만, 우기가 되면 다시 말레 마을로 돌아와 커피 농사를 이어왔다. 두바이와 말레 마을. 도시와 산골을 오가며 언제나 변함없이 성실하게 일하는 다슈람. 그는 마치 일하기 위해 존재하는 사람 같았다. 그는 이른 아침이면 마을 근처 산에서 한 가득 풀을 베어 와 가축들의 밥을 챙겨준다. 그리고 집 근처 밭에 심어놓은 커피나무 삼십여 그루를 하나하나 정성스레 돌

이웃 마을 방앗간에 가서 가족이 먹을 옥수수 가루를 빻아 오는 다슈람

본다. 또 행여 식구들이 먹을 곡식이 떨어질까 싶어 틈틈이 옥수수 가루를 빻아 양식을 마련해둔다.

잠시도 쉬지 않고 일하고 또 일하는 다슈람은 사랑스런 아내와 두 딸을 둔 가장이다. 다슈람은 서른셋, 아내 라디가는 스물일곱. 여섯 살 차이인 부부는 말레 마을 사람들 모두가 인정하는 잉꼬부부다. 첫째 딸마니사에 이어 얼마 전 낳은 둘째 딸 뿌자까지, 다슈람은 세 여인과 함께하는 시간이 가장 행복해 보였다. 언제나 성실하게 일하고 아내와 아이들을 다정하게 돌보는 좋은 남자 다슈람. 다슈람의 그런 모습에 더욱 관심이 가는 까닭은 보통의 네팔 남자들과는 확연히 달랐기 때문이다.

네팔에선 남자들에 비해 여자들이 더 많은 일을 한다. 전통적인 관례처럼 굳어진 탓에, 특히 시골의 경우 아침부터 저녁까지 늘 손에서 일을 놓지 못하는 것은 대부분 여성이었다. 머리가 허옇게 센 할머니들뿐

언제나 성실하게 일하고 아내와 아이들을
다정하게 돌보는 좋은 남자 다슈람

만 아니라 아이들도 여자라면 더 부지런히 일손을 거들었다. 잠시도 쉴 틈 없이 일하는 여인들. 그 속에서 '부지런하고 집안일을 도맡아 하는 다슈람 씨'는 더욱 돋보일 수밖에 없는 존재였다. 그저 천성적으로 부지런한 남자, 아니면 유난히 자상한 남자인 걸까? 다슈람 가족과의 만남을 이어가면서 우리는 그 진짜 이유를 알게 되었다.

다슈람에게 유년기는 아픔과 외로움의 시간이었다. 다슈람은 말레 마을 어른들 중 한 명인 나렌 판데의 아들이다. 좀 더 정확히 얘기하자면 다슈람은 나렌 판데의 죽은 전처 아들이다. 다슈람의 친어머니는 그가 아주 어렸을 적 다슈람과 여동생을 남기고 병으로 세상을 떠났다. 그 후 아버지 나란 판데는 재혼했고 다슈람에게는 이복동생들이 생겼다. 새로운 가족을 얻었지만 다슈람은 자신의 의지와는 상관없이 천덕꾸러기가 되고 말았다. 아버지와 결혼한 새어머니는 다슈람을 못 잡아먹어 안달일 정도로 괴롭혔다고 한다.

어린 다슈람은 배가 고파도 밥 한 끼 제대로 얻어먹지 못했고 새어머니가 휘두르는 폭력에 늘 지쳐 있었다. 우리는 말레 마을에서 나렌 판데와 함께 살고 있는 다슈람의 새어머니를 만날 수 있었다. 그 새어머니는 우리에게는 더없이 친절했지만 다슈람에게는 눈길 한번 주지 않았다. 그래서 우리는 다슈람의 새어머니를 '팥쥐 엄마'라는 별명으로 불렀다. 말레 마을 팥쥐 엄마의 등쌀에 견디지 못했던 다슈람은 결국 일곱 살이라는 어린 나이에 인도로 이주 노동을 떠나 돈을 벌어야 했다. 새어머니의 강요에 의해 말레 마을을 떠난 다슈람은 그 어린 몸이 어른으로 성장할 동안 인도, 두바이 등을 전전하며 일을 해야만 했다. 그 낯선 타지에서 그는 언제나 혼자였고, 외로웠다. 인도의 한 식당에서 주방 보조로 일할 때 차가운 주방 시멘트 바닥에서 자면서 수많은 시간을 눈물로 보내야 했다. 눈만 감으면 고향 말레 마을에 대한 그리움과, 가난한 네팔 노동자에 대한 무시와 욕설에 지쳐 잠이 들곤 했다. 그것이 그의 어린 시절을 채운 기억이었다.

하지만 바라보기만 해도 사랑스러운 아내 라디가와의 결혼은 그의 인생을 바꾸어놓았다. 다슈람에게도 진정한 가족이 생긴 것이다. 다슈람에게 시집 올 당시 라디가는 열여섯 살이었다. 그 어린 나이에 그녀는 이웃의 손에 이끌려 말레 마을로 시집을 왔다. 그녀는 다슈람을 처음 봤을 때 그가 너무 무서워 눈도 마주치지 못했다고 한다. 하지만 그때 다슈람은 아름다운 라디가를 보고 한눈에 반했고, 그녀를 위해서라면 남편으로서 무슨 일이든 하겠다고 다짐했다.

다슈람에게 가족이란 이름은 냉대와 차별, 그리고 폭력뿐이었다. 하지만 라디가와 단 둘이 가족을 꾸리고 그녀와 자신을 반반씩 닮은 어여쁜 딸 마니사를 낳고 나자 다슈람에게 가족은 세상 무엇과도 바꿀 수 없는 그의 전부가 되었다. 그의 큰딸 이름 '마니사'는 다슈람의 죽은 친어머니 이름이었다. 생전 자신에게 충분한 사랑을 줄 시간조차 없이 바쁘게 세상을 떠난 어머니였지만 다슈람에게는 잊을 수 없는 이름 '마니사'였다. 그래서 그 운명 같은 이름을 사랑하는 큰딸에게 주었다. 다슈람은 큰딸이 태어났을 때 혼자 대나무 숲에서 울었다고 한다. 너무 기쁜데 다른 사람들이 놀릴까봐 숨어서 울었다고 한다. 그리고 우리가 말

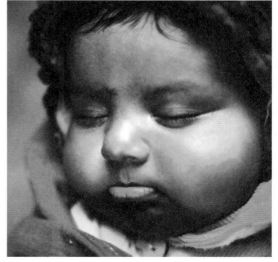

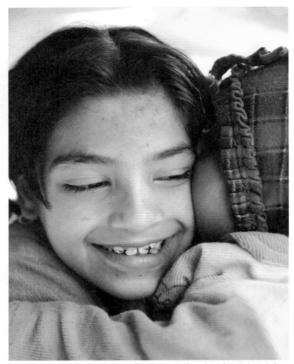
다슈람의 완전한 진짜 가족. 그에게 가장 소중한 보석은 마니사와 뿌자다

레 마을에 들어가기 두 달 전 다슈람의 또 하나의 보석, 둘째 딸 '뿌자'
가 태어났다. 이렇게 다슈람의 '완전한 진짜 가족'이 생긴 것이다. 그리
고 이 새로운 가족은 다슈람의 모든 외로움과 아픔을 치유해주었다. 그
렇기에 그에게 가족은 무엇과도 바꿀 수 없는, 자신보다 더 소중한 존
재였다.

말레 마을에서는 아이들도 예외 없이 집안일을 해야 한다. 가난한 나라 산골 마을에서 태어난 아이들이 으레 그렇듯이 말레 마을 아이들도 살림을 이끄는 주요 노동력이다. 제 몸집보다 큰 풀 짐을 짊어진 아이들의 모습은 가장 흔하게 만날 수 있는 네팔 시골의 풍경이다. 하지만 다슈람의 큰딸 마니사는 아빠 덕분에 그런 일들에서 예외가 되었다. 다슈람은 자신이 더 많이 움직이고 더 열심히 일하면 된다고 생각했다. 그 생각은 아내 라디가에게도 마찬가지로 해당됐다. 아내는 두 달 전 뿌자를 낳은 후로 몸 상태가 좋지 않았다.

　　우리가 본 라디가는 조금 엄살도 심했고 어린아이같이 남편에게 투정도 곧잘 부렸다. 라디가는 부엌에서 남편에게 물 가져다주세요, 이불 내다 말려주세요 하면서 애교까지 섞어가며 부탁하곤 했다. 다슈람은 아내 말이라면 깜박 죽었고, 가족이라면 어쩔 줄 몰라 했다. 아기가 울면 가장 먼저 달려가는 것도 다슈람이었고, 아내가 아궁이에 불을 지피기라도 하면 재빠르게 나뭇가지를 챙겨들고 와서 도와주는 것도 다슈람이었다. 우리는 그런 다슈람을 보면서 가족이 그에게 얼마나 소중한 존재인지 느낄 수 있었고, 그 두 사람의 닭살스러운 사랑을 보고 있노라면 웃음이 절로 나왔다. 그들은 그렇게 서로 사랑하며 행복한 가정을 만들어가고 있었다. 라디가에게 다슈람은 인생의 기둥이자 아버지이자 남편이자 세상의 모든 것이었다. 다슈람은 언제나 그런 아내와 아이들 곁에서 든든하고 따뜻한 울타리가 되어주는 것이 가장 큰 소망이었다.

가족이 함께 산다는 것

　다슈람은 가진 것 없이 시작한 가난한 가장이다. 하지만 커피가 돈이 되는 사실을 알게 된 다슈람은 얼마 안 되는 밭에 커피나무 삼십 그루를 심었다. 그리고 집 근처에도 드문드문 몇 그루를 심었다. 다슈람의 커피 농사는 유난히 잘 되었다. 아마도 그가 아이들과 아내를 돌보듯 정성을 다해 키웠기 때문인 듯하다. 그는 커피나무를 항상 '나의 커피나무'라고 불렀다.

　커피에 대한 그의 애정은 가족에 대한 사랑만큼이나 절절했다. 그에게 커피는 가족이나 마찬가지였다. 그리고 올해 새로운 아기 커피나무를 서너 그루 더 심었다. 다슈람은 매년 다만 몇 그루라도 커피 농사를 계속 늘려가고 있었다. 하지만 커피나무는 돈을 주고 사 와야 하기 때문에 다슈람에게는 늘 현금이 절실하게 필요했고, 이 가난한 산골에서 돈을 벌기란 쉽지 않았다. 사랑스런 가족과 단 한 순간도 떨어지고 싶

지 않았지만 돈을 벌기 위해서는 외지로 노동을 떠나는 길 외에는 방법이 없었다.

아늑한 흙집과 가족이 그의 전부였지만 아버지이자 남편인 다슈람은 알고 있었다. 그의 가족이 자신의 사랑만으로는 풍요롭고 행복하게 살 수 없다는 것을. 어떻게든 자신이 돈을 벌어야 사랑하는 가족을 좀 더 편안하게 해주고 아이들을 학교에 보낼 수 있다는 사실을 그는 알고 있었다. 그래서 그는 2년간 두바이로의 이주 노동을 결심했다. 그는 다시 떠나야 했다. 더 긴 시간을 함께하기 위해 잠시 동안의 이별을 견뎌야만 했다.

말레 마을에는 젊은 가장이 많지 않다. 가족을 책임져야 하는 젊은 가장들 대부분이 타지로 이주 노동을 떠났기 때문이다. 인도의 뭄바이 같은 도시는 아무리 험한 일이라 해도 돈을 벌 수 있는 기회가 많았고,

그는 커피나무를 항상 '나의 커피나무'라고 부른다
그에게 커피는 가족이나 마찬가지다

언제나 밝은 마니사의 모습과 가족의 행운을 빌고 있는 라디가의 모습

식구가 헤어지지 않고 함께 모여 사는 것
그것이 다슈람 가족의 가장 큰 소망이다

그 돈이면 온 가족이 먹을 쌀을 사고 아이들의 학용품을 살 수 있었다. 그래서 네팔의 많은 가장들이 그러하듯 일을 할 수 있는 말레 마을 젊은 남자들은 대부분 마을을 떠나 타지로 향한다. 다슈람이 다시는 하고 싶지 않았던 타지 생활을 다시 선택한 것도, 한시도 떨어져 있기 싫은 가족들과 긴 시간을 떨어져 지내기로 결심한 것도, 가족의 미래를 위해서였다. 그리고 다슈람에게는 안정적인 수입 이외에도 더 큰 목표가 있었다. 돈을 많이 모아 트럭을 사서 트럭 운전사로 일하는 것, 그리고 그렇게 모인 돈을 가지고 커피 농사에 투자하는 것이었다. 그렇게 되면 더 이상 외국으로 떠나지 않아도 되고 가족이 함께 모여 살 수 있기 때문이었다.

식구들이 헤어지지 않고 함께 모여 사는 것, 그것이 다슈람 가족의 가장 큰 소망이다. 사실 그 목표를 이루기 위해 다슈람은 몇 년 전 가족들과 함께 말레 마을을 완전히 떠날 결심도 했었다. 하지만 커피가 그의 생각을 바꾸어놓았다. 유독 성실한 탓에 같이 농사를 시작한 다른 집에 비해 그의 커피나무들은 건강하게 잘 자랐고, 커피가 가족의 새로운 희망이 될 수 있다는 꿈을 갖게 된 것이다.

언제나처럼 부지런하게 커피 밭을 오가는 다슈람 가족. 하지만 이제 가족들과 함께 이 커피나무들 사이를 행복하게 거닐 날도 얼마 남지 않았다. 다슈람과 그의 가족에게 이별의 시간이 다가오고 있는 것이다.

> "커피나무들을 사진으로 찍어 가요. 그것을 보면서
> 이렇게 아름다운 곳을 어쩔 수 없이 떠나야만 하는 상황을 참아내요."

커피가
두 번 익으면
아빠가 돌아와요

이른 아침부터 다슈람은 가축들을 정성스럽게 챙긴다. 그동안 매일 반복되는 일상이지만 신선한 풀을 유난히 더 많이 베어 온 다슈람. 가족 같은 염소들에게 풀을 먹이며 다슈람은 그날따라 유독 말이 없다. 그저 염소들을 애틋한 눈빛으로 바라볼 뿐이다. 사실 그는 애써 눈물을 참고 있었다. 그런 그의 모습을 안타깝게 바라보는 아내 라디가….

다슈람은 새끼를 가진 염소 한 마리만 남기고 가축들을 모두 팔기로 했다. 자신이 두바이로 떠나면 가축들을 돌보는 일이 아픈 아내와 아홉 살 어린 딸에게 모두 돌아간다는 사실을 알기 때문이다. 말레 마을에서 지내며 알게 된 사실이지만 이곳 사람들에게 풀베기는 정말 중요한 일과였다. 그렇게 많은 풀을 매일매일 베어 나르는데도 가축들은 삽시간에 먹어치운다. 우리는 그 모습이 마치 밑 빠진 독에 물 붓기 같다는 생각이 들었다. 그렇다고 조금이라도 풀베기를 게을리 했다가는 가축이 병이 나거나 비쩍 말라버리기 때문에 말레 마을 사람들은 쉴 틈 없이 풀을 베어 나른다.

다슈람이 떠나면 이 가축들을 아내와 딸이 감당하지 못하리라는 걸 알기에 다슈람은 큰 결심을 한 것이다. 한 마리 남은 염소가 먹을 풀마저 한가득 베어 우리에 채워놓는 다슈람. 그리고 커피 밭에 충분히 물을 주고 가지치기도 전부 끝냈다. 그의 손길이 점점 바빠진다는 것, 그것은 이별의 시간이 더욱 가까워진다는 걸 의미했다.

말레 마을은 또 한 번의 이별을 맞게 되었다. 다음날이면 떠날 다슈람을 위해 마을 사람들이 모두 모였다. 언제나처럼 흥겨운 춤과 노래로

말레 마을에 찾아온 또 한 번의 이별
남편과 아내의
서글픈 이별의 춤이 이어졌다

따뜻한 이별을 준비하는 그들. 그들 사이에서 우리는 보았다. 모두가 웃으며 노래할 때도 홀로 웃을 수 없었던 라디가의 그늘진 얼굴을, 안타까움으로 가득 찬 젖은 눈빛을…. 남편과 아내의 이별의 춤이 이어졌다. 언제나 따뜻한 눈빛으로 대화하는 다정한 부부였지만 라디가는 춤을 추는 동안 끝내 남편의 얼굴을 한 번도 똑바로 바라보지 못했다.

다음날 새벽, 우리는 다슈람의 작별을 함께하기 위해 그의 집을 찾았다. 이른 새벽이었는데도 벌써 라디가는 아궁이 앞에서 무엇인가 열심이었다. 라디가는 '슈거로띠'를 굽고 있었던 것이다. 쌀이나 밀가루로 만드는 네팔식 빵 로띠는 두께에 따라서, 또는 첨가하는 재료에 따라서 종류가 다양하다. 그중에서 슈거로띠는 그 이름처럼 설탕을 많이 넣어 단 맛이 나는 로띠이다. 다슈람이 워낙 좋아해 라디가가 자주 만들어주는 단골메뉴였다. 그날따라 슈거로띠의 양이 심상치가 않았다. 이렇게 평소보다 많은 양의 슈거로띠를 더욱 정성스럽게 굽는 까닭은 남편 다슈람이 떠나는 길에 그가 가장 좋아하는 슈거로띠를 챙겨주기 위해서였다. 결코 남편을 보내고 싶지 않지만 그래도 보내야 하는 현실. 아내 라디가는 그 아픈 마음을 달래며 말없이 남편을 위한 슈거로띠를 굽고 있었다.

그리고 그 시각, 다슈람은 짐을 싸고 있었다. 시장바구니 같은, 가방 같지도 않은 큰 가방에 옷을 가득 채워 넣고 있었다. 아내가 미리 빨아 손질해놓은 옷들을 가방이 불룩해지도록 넣고 또 넣었다. 그가 이렇게 옷을 잔뜩 가져가는 이유는 두바이에서의 생활비를 최대한 아끼기 위

다슈람이 좋아해 라디가가 자주 만들어주는 단골메뉴 슈거로띠.
그날따라 슈거로띠의 양이 심상치가 않다.
이렇게 평소보다 많은 양의 슈거로띠를
더욱 정성스럽게 굽는 까닭은 남편 다슈람이 떠나는 길에 챙겨주기 위해서였다.
결코 남편을 보내고 싶지 않지만 그래도 보내야 하는 현실.
라디가는 그 아픈 마음을 달래며
말없이 남편을 위한 슈거로띠를 구웠다.

사랑하는 가족을 뒤로 하고 자욱한 새벽안개 속으로 사라지는 다슈람

해서였다. 한 푼이라도 더 가족에게 보내기 위해 그는 입던 옷들을 거의 챙겨 넣었다. 그렇게 말없이 짐만 싸고 있는 다슈람….

언제나 사람 좋은 미소로 가득했던 다슈람이었지만 그날만큼은 웃지 않았다. 라디가 정성스레 준비한 슈거로띠를 건네주었을 때도 말없이 받아 옷가방에 집어넣을 뿐이다. 라디가 역시 아빠와의 이별을 아는지 울어대는 간난쟁이 뿌자를 달래고만 있었다. 아이의 울음소리 속에 두 내외는 말이 없다. 침울하게 앉아 있는 마니사와 우는 뿌자를 번갈아 바라보며 다슈람은 한숨만 내쉬었다. 손만 툭 대면 금방이라도 울음이 터질 것만 같은 얼굴…. 결국, 떠나는 심정을 묻는 우리의 질문에 다슈람은 기어이 닭똥 같은 눈물을 쏟아내고 말았다.

> "내가 다시 돌아올 때는 지금 떠날 때와 똑같이
> 모두 이렇게 건강한 모습이었으면 좋겠어요.
> 아이가 그때쯤이면 많이 커서 걸어다니겠죠.
> 지금은 말도 못 하고 빠빠빠빠 하는 정도인데…."

이제는 작별을 고해야 할 시간. 그런데 다슈람이 갑자기 자신이 쓰고 있던 파란 모자를 벗어 아내에게 씌워준다. 서로의 정표로 간직하자는 말과 함께 그 역시 아내가 쓰던 모자를 쓴다. 남편의 그 애틋한 마음에 결국, 꾹꾹 눌렀던 라디가의 눈물이 터져버렸다. 라디가는 남편의 파란 모자를 쓰고부터는 울음을 주체할 수 없었다. 차마 남편의 뒷모습을 바라볼 수 없었던 라디가. 그런 그녀를 뒤로 하고 슬픈 표정으로 자욱한 새벽안개 속으로 사라지는 다슈람. 아내의 모자를 쓰고 다슈람은 말레 마을을 떠났다. 서로의 흔적 한 자락씩을 품고 나서야 서로를 보낼 수 있었던 남편과 아내. 그 후로 오랫동안, 우리가 일을 마치고 한국으로 돌아올 때까지도 라디가는 그 파란 모자를 벗지 않았다.

> "아내에게 이제 더 이상 떠나지 않는다는 믿음을
> 줄 수 있는 남편의 모습으로 돌아오고 싶어요."

슬픔을 이겨내는 방법

　다슈람이 떠난 후, 말레 마을에는 고요한 침묵만이 흘렀다. 우리는 그날 새벽 울고 있던 라디가가 걱정되어 한동안 라디가의 집을 매일 찾았다. 그리고 늘 똑같은 광경과 마주해야 했다. 아무것도 하지 않은 채 멍하니 앉아 있는 라디가의 메마른 얼굴. 잡고 있던 엄마아빠의 손을 갑자기 놓친 아이의 얼굴처럼, 라디가는 무언가를 잃어버린 아이 같았다.

　슬픔과 외로움 속에 잠겨버린 라디가. 마니사가 학교에 가고 갓난쟁이 뿌자도 잠이 들면 라디가는 툇마루에 앉아 집 앞의 먼 산만 하염없이 바라보고 있었다. 뿌자를 낳은 후 몸이 회복되지 않아 집안일을 제대로 하지 못하는 까닭도 있었지만, 라디가는 그저 무엇을 해야 할지 모르는 사람처럼 멍하니 하루하루를 흘려보냈다. 떠난 남편이 지구 어느 쪽으로 갔는지 감조차 잡지 못하는 그녀는 그저 그 먼 산 넘어 떠난 남편의 마지막 흔적을 찾기라도 하듯 하염없이 바라만 보았다. 그녀의

아이들에게 아빠의 몫까지 해주어야 할 텐데… 라디가의 마음은 무겁기만 하다

그런 무표정한 얼굴이 우리를 더욱 슬프게 했다. 우리가 아무리 다가가 손을 잡아주고 재미있게 해주려 해도 그녀는 반응이 없었다.

그런 라디가가 정신을 차리기 시작한 것은 어린 뿌자가 아프기 시작하면서부터였다. 그 어린 것이 아빠의 부재를 아는 걸까. 다슈람이 떠난 후 얼마 되지 않아 뿌자가 아프기 시작했다. 고산지대의 그늘 마을. 게다가 겨울이 되면서 해는 더욱 짧아졌다. 오후 한두 시가 되면 해가 져버려서 날씨는 빠르게 차가워졌고, 올해는 유독 추위가 빨리 찾아와 뿌자처럼 어린 아기들이 견디기에는 어려운 환경이었다. 결국 뿌자는 감기에 걸렸다. 말레 마을은 병원도, 약을 파는 곳도 없는 첩첩산중. 그래서 라디가는 아직 아이들 때문에 병원에 가본 적이 한 번도 없었다. 라디가뿐 아니라 말레 마을 대부분의 엄마들은 그저 민간요법에 기대

111

어 아이들을 돌본다.

아픈 뿌자를 위해 라디가가 선택한 방법은 따뜻한 아궁이 앞에서 아기 몸에 기름을 구석구석 발라 마사지해주는 것. 빨리 낫기를 바라는 마음을 담뿍 담아 라디가는 아침저녁으로 정성스럽게 마사지를 해주었다. 아이들에게 아빠의 몫까지 해주어야 할 텐데…. 이렇게 아이가 아프니 자신이 그 역할을 다하지 못한 것 같아 라디가는 마음이 더 무거웠다. 두바이로 떠난 남편에게는 뿌자가 아픈 것을 알리지 않았다. 언제나 그랬다. 남편에게 아픔도, 슬픔도 전하고 싶지 않았다. 자신보다 가족을 더 챙기는 남편. 곁에서 지켜주지 못해 힘들어하는 남편을 더 아프게 할 수는 없었다. 뿌자도 그런 엄마 마음을 아는 걸까. 다행히 감기가 조금씩 나아지기 시작했다. 뿌자의 존재는 슬픔 속에 잠긴 라디가를 세상 밖으로 끌어내주는 이유이자 큰 힘이 되었다. 뿌자의 감기가 호전된 이후에도 라디가는 정성스럽게 뿌자를 목욕 시키고, 귀한 꿀을 한 숟가락씩 먹이곤 했다. 그렇게 아이에게 정성을 쏟으며 라디가는 조금씩 이별의 슬픔을 이겨내고 일상으로 돌아오고 있었다.

다슈람이 언제나 그리워하는 또 한 사람, 큰딸 마니사이다. 아름다운 엄마를 닮아서 무척 예쁜 마니사는 아버지 다슈람의 첫 번째 보석이자, 엄마 라디가의 든든한 맏딸이다. 아빠가 떠난 후 멍하니 먼 산만 바라보는 엄마를 마니사는 언제나 걱정스러운 눈빛으로 지켜보았다. 엄마가 아플 때면 손도 주물러주고, 어린 동생도 잘 돌보는 착한 딸 마니사는 이제 겨우 아홉 살. 하지만 마니사는 더 이상 아빠가 있을 때처럼 응

석 부릴 처지가 아니었다. 아빠의 보살핌으로 말레 마을 아이들이 흔히 하는 풀베기나 집안일을 하지 않았던 마니사였지만, 이제 아픈 엄마를 대신해 집안일을 해야 했다. 사람마다 제각기 슬픔을 이겨내는 방법이 있다면, 어린 마니사는 아빠를 대신해 집안을 챙기며 상실감을 이겨내는 듯했다. 이런 마니사를 보는 우리의 마음은 대견스럽기도, 안타깝기도 했다.

마니사는 주식인 옥수수 가루를 빻기 위해 일주일에 한 번씩 이웃 마을의 방앗간에 다녀와야 했다. 20킬로그램이나 되는 무거운 옥수수 자루를 짊어지고 가는 길. 무거운 자루를 지고 어린 소녀가 가는 그 길은 게다가 험한 산길이었다. 다슈람이 떠나기 전 언제나 그가 걷던 길이었는데, 이제 그 길을 아홉 살 마니사가 힘겹게 걸어간다. 가다가 힘들면 잠시 쉬면서 엄마처럼 먼 산을 바라본다. 그리운 아빠는 언제쯤 돌아올까…. 마니사는 그 힘든 길을 걸어가 일주일치 식량을 준비한다. 또한 늘 아빠가 한가득 베어 짊어지고 오던 풀 짐도 이제 고스란히 마니사의 몫이 되었다. 한 순간도 아빠가 그립지 않은 시간은 없겠지만, 특히 힘든 일을 할 때면 아빠가 더욱 그립다.

"풀 베는 일은 아빠가 많이 도와주셨는데….
  아빠 생각이 많이 나요."

마니사가 풀을 베는 곳은 결코 쉬운 코스가 아니었다. 등산을 넘어 암벽등반을 하다시피 하는 모습으로 산자락에 매달려 풀을 베야 했다.

사람마다 슬픔을 이겨내는 방법이 있다

충분치 않더라도
같이 웃으며 살 수 있는 가족
더 이상의 이별이 없는 가족
부모는 아이들이 커가는 모습을 지켜보고
아이들은 엄마아빠에게 응석을 부리는
그런 가족

그런 가족이었으면 좋겠습니다

그런 마니사를 바라보는 엄마의 마음도 아프다.

"한창 놀아야 하는 아이인데, 아직 작은 아이인데….
 일을 해야 하니 마음이 아파요."

다슈람이 떠난 후, 힘겨운 시간을 보내는 세 모녀. 이번 겨울은 세 모
녀에게 유난히 추운 겨울이다.

아빠, 우리는 잘 있어요

"디리링~"

다슈람의 집에 적막을 깨는 소리가 울린다. 잠시 후, 얼굴에 환한 미소가 번지는 라디가와 마니사 모녀. 다슈람이 떠난 후로 언제나 우울한 얼굴이었던 라디가와 풀 죽어 있던 마니사가 모처럼 활기를 띤다. 이렇게 전화벨이 울리면 라디가와 마니사는 촬영 도중인데도 우리는 안중에도 없어진다. 두 모녀를 웃게 만드는 일등 공신은 늘 다슈람으로부터 걸려온 전화였다. 멀리 떨어져 있어도 늘 아내와 어린 딸들이 걱정인 다슈람. 라디가의 몸은 나아지고 있는지, 마니사는 엄마 대신 일을 하느라 힘들진 않은지, 막내 뿌자는 아프지 않고 잘 자라고 있는지, 전화로나마 가족들의 안부를 묻고 확인하는 다슈람.

그런데 다슈람에게는 가족의 안부만큼이나 큰 걱정거리가 있었으니, 그것은 바로 커피나무였다.

"남편이 전화해서 커피가 어떻게 되었냐고 물어봤어요. 구덩이는 팠는지, 수확은 어떻게 됐는지…."

다슈람 집 근처의 커피나무는 한창 자라고 있었고, 다슈람이 떠나기 전 직접 묘목장을 만들어 심어놓은 어린 커피 묘목도 있었다. 그리고 밭에서 자라고 있는 커피나무는 곧 수확을 해야 했다. 어리면 어린 대로, 자라면 자란 대로 손을 많이 필요로 하는 커피나무. 다 자란 커피나무들은 가지치기를 제때 해주어야 좋은 열매를 맺을 수 있고, 아직 어린 묘목은 더욱 세심한 손길로 보살펴야 죽지 않고 잘 자란다. 또한 튼실한 커피나무로 키우기 위해서는 항상 물을 넉넉히 주고 잡초도 뽑아줘야 한다. 그런데 그런 모든 일들을 아픈 아내와 어린 딸에게만 맡겨야 하는 상황이었으니 다슈람은 떠나는 날까지도 모녀와 커피가 모두 걱정이었다. 과연 모녀가 커피 묘목을 잘 돌보고 지킬 수 있을까. 멀리

이들에게
커피는
멀리 떨어져 있는
서로를 이어주는 단단한 끈이자
긴 기다림의 시간을 견디게 해주는

희망이자 힘이었다

두바이에서도 다슈람의 걱정은 계속됐다.

　남은 가족의 일손을 덜어주기 위해 가축들은 처분했지만 커피나무는 그럴 수 없었다. 다슈람은 트럭을 마련해 트럭 운전사가 되는 꿈 이외에도 말레 마을에서 커피 농부로 성공하겠다는 새로운 꿈을 더했기 때문이다. 그래서 다슈람은 가족과 약속했다. 2년 후, 커피가 두 번 익을 때 다시 돌아와 식구들과 함께 커피나무들을 돌보겠다고.

　이번에 걸려온 전화에도 다슈람은 어김없이 커피나무의 안부를 묻고 아내에게 묘목들을 잘 돌보라는 당부도 잊지 않는다. 라디가와 마니사 모녀 역시 다시금 커피를 잘 돌보겠노라고 약속한다. 언제나 커피로 시작해 커피로 마무리되는 대화. 부부에게 커피는 멀리 떨어져 있는 서로를 이어주는 단단한 끈이 되어주었다. 이들에게 커피는 긴 기다림의 시간을 견디게 해주는 힘이자 그들을 지탱하는 희망이었다. 그리운 남편, 보고 싶은 아빠가 돌아왔을 때 잘 자란 커피나무를 자랑스럽게 보여주기 위해서라도, 라디가 모녀는 커피나무를 잘 돌보리라 다짐한다.

　'커피가 두 번 익으면' 돌아온다는 남편의 약속. 그 약속이 희망의 주문이 된 걸까. 커피 밭으로 향하는 모녀의 발길이 잦아지면서 모녀는 눈에 띄게 달라졌다. 무기력하던 라디가도 활기를 되찾았고 마니사의 얼굴도 더욱 밝아졌다. 자기보다 키가 더 큰 커피나무를 애지중지 돌보는 마니사. 물도 주고 잡초도 뽑고 심지어는 커피 잎까지 물로 깨끗이 씻어가며 열심히 커피나무들을 보살폈다. 마니사에 이어 아픈 몸을 추스른 라디가도 틈나는 대로 커피 밭으로 발걸음을 향했다. 열매들이 늘어가면서 기울어진 나무는 쓰러지지 않도록 받쳐주었고, 수확 전 커피나무가 충분히 물을 머금을 수 있도록 호스까지 동원해 물 주기에도 나섰다. 그렇게 라디가와 마니사는 서서히 치유의 단계로 들어서는 것 같았다. 그들에게 커피는 최고의 치유약이 되었다.

시간이 흐르고 다슈람이 떠난 지도 두어 달이 훌쩍 넘어갈 무렵, 둘째 딸 뿌자도 제법 많이 자라서 이젠 사람을 알아보기 시작했다. 태어난 지 얼마 안 되어서부터 목소리를 들어서인지 우리도 제법 알아보고 방긋방긋 웃어 보이곤 했다. 그렇게 흐르는 시간과 함께 모녀의 정성을 먹고 빨갛게 익어가는 커피 열매. 말레 마을에서처럼 유기농으로 재배되는 커피는 한 나무에서도 커피 열매들이 익어가는 속도가 일정하지 않다는 것이 특징이다. 때문에 세심하게 살피면서 빨갛게 익은 열매들만 골라서 따야 한다. 라디가, 마니사 모녀 역시 익은 커피 열매만 조심스럽게 조금씩 골라 따며 올해 첫 커피 수확에 나섰다.

라디가는 초보 커피 농부이다 보니 시행착오도 많았다. 처음 커피를 수확하던 날에는 어린 뿌자를 포대기로 업고 나섰지만, 뽀얗게 살이 오를 대로 오른 무거운 뿌자를 업은 채 일한다는 건 무리라는 사실을 곧 깨달았다. 결국, 뿌자를 조카에게 맡기고 다시 수확에 나선 라디가. 그러다 라디가는 의욕만 앞섰는지 커피 밭 주변에 진을 치고 있던 독풀에 찔리고 말았다. 말레 마을 곳곳에는 '시스누'라는 독풀이 깔려 있다. 꼭 감자 이파리처럼 생긴 이 독풀은 찔리면 생명에는 전혀 지장은 없지만 그 독으로 인해 밤새 끙끙 앓을 만큼 강력한 통증을 유발한다. 우리도 처음에 멋모르고 밭에 무방비로 들어가 촬영하다가 여러 군데 찔리며

커피나무를 돌보며 활기를 되찾은 라디가와 마니사. 그들에게 커피는 최고의 치유약이다

그 위력을 실감했다. 밭일이 서투른 라디가는 커피 열매를 따다가 독풀에 찔리기 시작했다. 그것도 한두 번이 아니고 연속으로 계속 찔렸고, 이내 라디가의 발은 시스누의 독으로 인해 퉁퉁 부어버렸다. 엄마의 그런 모습을 본 마니사는 즉시 어디선가 쑥을 따 와 엄마의 부은 발에 문지르기 시작했다. 우리는 네팔에도 쑥이 있다는 사실에 신기해하는 것도 잠시, 쑥을 구해 와 엄마를 치료하려고 달려드는 마니사가 마냥 기특하기만 했다. 하루 종일 시스누에 찔려가며 라디가는 그날 첫 커피 수확을 마쳤다. 그녀의 고군분투에 마을 사람들도 도움을 자청하고 나섰다. 옆집에 사는 친구 인디라는 열매 따는 것을 도와주었고 이웃 이

쏘리 판데도 나서서 수확을 마칠 수 있게 도와주었다.

커피를 수확하며 더욱 몸과 마음의 안정을 되찾은 모녀. 아마도 남편에게, 아빠에게 자랑스럽게 "우리가 첫 커피 수확을 마쳤어요."라고 자랑할 생각에 가슴이 부풀어 마냥 행복했을 것이다. 그리고 이제 커피 농사를 해낼 수 있겠다는 자신감도 들었을 것이다.

커피 수확이 끝나고 나서 우리가 한국으로 돌아올 무렵, 라디가는 이웃의 일손을 빌려 새로운 커피 묘목을 심을 구덩이를 백 개나 팠다. 사실 그런 대공사를 벌일 계획이면 우리 제작진에게 상의할 법도 한데 라디가는 그것을 기다리지 못하고 백 개나 되는 구덩이를 판 것이다. 그래서 우리는 안타깝게도 그 구덩이 파는 모습을 촬영하지 못했다. 하지만 그녀가 우리에게 자랑스럽게 "우리 커피나무 백 개 더 심어요."라고 말할 때는 우리도 함께 행복한 웃음을 지을 수 있었다. 백 개의 구덩이는 백 개의 커피 묘목을 더 심는 것을 의미했다. 늘어난 커피 묘목만큼 모녀는 앞으로 더 많은 시간을 커피 밭에서 보내야 한다. 하지만 그만큼 다슈람 가족의 희망도 늘어났음을 뜻했다. 가족에게 언제나 든든한 울타리였던 남편을, 아빠를 잠시 떠나보내야 했던 라디가와 마니사. 이제 모녀는 더 이상 슬프지도, 외롭지도 않다. 건강하게 자라는 뿌자처럼 하루하루 쑥쑥 커가는 건강한 커피나무와 함께하기에. 그리고 커피가 두 번 익으면 너무도 그리운 남편, 보고 싶은 아빠와 다시 만날 수 있다는 것을 믿기에. 모녀는 오늘도 즐거운 마음으로 커피 밭으로 향한다.

"아빠, 우리는 잘 있어요. 우리가 커피를 잘 수확했어요."

4

말레 마을
커피왕 브라더스

Himalayas Coffee Road

커피에
모든 것을 건
형제들

말레 마을에 커피를 처음 들여온 데브라스.

말레 마을에서 가장 많은 커피나무를 가진 둘씨람.

말레 마을 최고의 열혈 커피 농부 이쏘리.

이들은 커피에 죽고 커피에 사는

커피왕 브라더스.

커피 전도사, 데브라스 판데

히말라야 산자락에 자리 잡은 말레 마을. 이 마을에 사는 열한 가족을 취재하기 시작하면서 우리를 늘 헷갈리게 하는 것이 있었다. 말레 마을 사람들은 사촌 동생도 그냥 동생이라고 칭했고 작은어머니도 그냥 어머니라고 불렀다. 그러다 보니 나이가 똑같은 형제가 나왔다. 그래서 우리가 쌍둥이냐고 물어보면 그제야 큰아버지의 아들이라고 대답했다. 우리는 일일이 가족 구성원 도표를 그려서 가지고 다니며 가족 관계를 외웠고 구체적으로 어떻게 되는 동생 사이냐고 다시 물어봐야 했다.

외부와의 교류 없이 깊은 산속에서 오랫동안 함께 살다 보니 마을 구성원 자체가 그냥 가족처럼 인식되는 듯했다. 그들의 성은 대부분 '판데'였다. 마을 사람들이 이름을 알려줄 때마다 ○○○ 판데, ✕✕ 판데, 거의 모든 이름에 판데가 붙었다. 혹시 이곳에서는 다 '판데'라는 돌림자

데브라스는 말레 마을에 처음 커피를 들여온 역사적인 사건의 장본인이다

를 쓰는 건가? 처음에는 그렇게 생각했다. 하지만 그들 이름에 똑같이 '판데'가 들어가는 까닭은 그들 대부분이 친족관계였기 때문이었다.

말레 마을 대부분이 '판데' 가문이었고 나머지는 '크나우제', '네오빠네' 가문이 한두 가족씩 있었다. 말레 마을에는 이렇게 단 세 가문만이 살고 있었다. 그중에서 가장 많은 가족 구성원을 거느리고 있고 영향력도 큰 가문이 바로 '판데' 가문.

현재 말레 마을에서 일가를 이루며 살고 있는 판데 가문 중 핵심이 되는 사람은 나렌(다슈람의 아버지), 둘씨람, 데브라스, 이쏘리 이렇게 네 사람이다. 이들 모두 친형제이거나 사촌 형제이다. 특히 데브라스, 둘씨람, 이쏘리 세 사람은 일명 말레 마을의 '커피왕 브라더스'로 불린다. 그중에서도 진중한 성품의 데브라스 판데는 마을의 중요한 일들을 관장하는, 말레 마을의 이장님이자 큰 어른으로 통한다. 그리고 그는 이

커피의 가능성에 확신을 심어준
말레 마을 최고의 커피 부자 둘씨람

곳에 처음 커피라는 존재를 들여온 역사적인 사건의 장본인이다.

커피나무가 어떻게 생겼는지조차 몰랐던 데브라스는 10여 년 전 우연히 이웃 마을에서 커피나무를 보았고, 커피나무는 그의 호기심을 자극했다. 커피에 대해 궁금했던 데브라스는 말레 마을에서 차로 여섯 시간 가까이 걸리는 거리에 있는 '압소르'의 정부 묘목장을 찾아갔다. 그곳에서 자라고 있는 커피나무를 본 데브라스는 가슴이 뛰었다고 한다. 빨갛게 열린 커피 열매들. 그 열매들이 왠지 말레 마을의 새로운 희망이 되어줄 거란 생각이 들었다. 그렇게 커피 농사를 시작해보기로 결심한 데브라스는 비닐봉지에 커피 묘목 오십 그루를 소중히 넣어서 마을로 가지고 왔다. 커피 묘목 오십 그루를 가지고 교통이 불편한 네팔 산골 마을까지 들어오는 과정은 결코 쉽지 않았다. 행여 묘목이 다칠세라 소중히 품고 온 데브라스는 자신의 밭에 그 커피 묘목들을 심었다. 그것이 바로 말레 마을 커피 역사의 시작이었다.

사실, 처음부터 커피가 말레 마을에서 환영받은 건 아니었다. 처음 데브라스가 커피 묘목을 가져왔을 때 마을 사람들의 반응은 시큰둥했다. 생전 처음 보는 나무. 도대체 이것을 어떻게 먹고 어디에 쓰겠어? 팔 수 있기는 한 걸까? 마을 사람들 대부분이 의심 섞인 눈길로 커피나무를 바라보았다. 다행히 데브라스의 커피나무는 잘 자라주었고 커피 열매가 열리기 시작했다. 데브라스가 커피 열매를 팔아 현금을 얻는 것을 본 마을 사람들의 생각은 조금씩 바뀌어갔다. 커피가 돈이 된다는 사실을 깨닫게 된 것이다. 마을 사람들이 커피에 관심을 보이고 돈을 모아 커피 묘목을 사서 심고… 그렇게 말레 마을 커피 농사는 잘 되어 가는 듯 보였다.

하지만 3년의 시간이 지났을 즈음, 커피 농사에 큰 위기가 닥쳤다. 판로가 막혀버린 것이다. 네팔 커피를 수입하던 일본 업체가 수지타산이 맞지 않다는 이유로 더 이상 네팔 커피를 구매하지 않았다. 네팔 커피 시장이 극도로 침체되면서 커피를 팔 수 있는 판로마저 끊겨버린 것이다. 데브라스는 조금만 기다리면 다시 커피 구매자가 나타날 거라고, 그럼 다시 좋아질 거라고 말했지만 1년이 지나고 2년이 지나도 새로운 커피 구매자는 나서지 않았다. 팔지 못하는 커피는 아무 데도 쓰지 못하는 천덕꾸러기가 될 수밖에 없는 상황. 데브라스는 정성스레 키웠던 커피나무를 자신의 손으로 베어버려야만 했다.

"눈물을 흘리면서 커피나무를 베었죠.
다른 채소들을 심어야 하는 땅에도 커피를 심어서 길렀던 건데…
결국 눈물을 흘리며 잘라냈죠."

이것으로 말레 마을과 커피와의 인연은 끝난 듯했다. 커피나무를 베어버린 지 3년의 시간이 흐르고, 어느 날 데브라스에게 믿기 힘든 소식이 전해졌다. 커피 시장이 다시 살아나기 시작했다는 것이다. 그 소식을 접한 데브라스는 단 1초의 망설임도 없이 커피나무를 다시 사기 위해 정부 묘목장이 있는 압소르로 달려갔다. 그렇게 말레 마을에 다시 커피나무가 자라기 시작했다.

눈물을 흘리며
자신의 손으로
커피나무를
베어야 했던
데브라스

하지만 그의 확신은 결코 틀리지 않았다

빨갛게 익어가는 커피 열매들. 이 빛깔은 말레 마을 농부들의 희망의 빛깔이다

데브라스는 처음 커피나무를 보았을 때 가졌던 희망이 되살아나는 듯했다. 커피 열매들은 점점 늘어났고, 그것은 아이들의 학용품과 식량을 살 수 있는 돈으로 바뀌었다. 마침내 데브라스에게서 커피의 가능성을 확인한 판데 형제들과 마을 사람들은 하나둘 커피 농사에 다시 참여하기 시작했다. 그리고 이제 열한 가구 말레 마을 주민 모두가 커피 농사를 짓는 어엿한 커피 농부가 되었다.

커피 농사를 처음 시작한 지도 10여 년이 흘렀다. 이제 데브라스는 마을에서 가장 크고 훌륭한 커피 밭을 소유하고 있고 커피나무도 이백 그루나 된다. 데브라스는 커피를 유기농법으로 재배하는 방법을 꾸준히 연구하고 있다. 화학 비료나 농약 대신 유기농으로 제조한 천연 비료로 키우는 커피는 시장성도 뛰어나기 때문이다. 데브라스는 굴미커피협동조합(굴미커피협동조합은 네팔의 서부 산악 지역 굴미에 자리 잡은 커피 조합으로, 굴미 지역 37개의 소규모 커피생산자조합으로 구성되어 있다)을 방문하여 유기농법을 배워 와서 자신의 커피 밭뿐만 아니라 마을 주민들에게도 전파했다. 유기농 농약 제조법은 오로지 자연에서 나는 재료들만을 사용한다. 마을에서 나는 약초와 소의 오줌을 잘 섞어 일정 기간의 숙성과 발효를 거치면 유기농 농약이 완성된다. 이 유기농 농약은 커피나무의 해충을 없애는 데 많은 효과를 내고 있다.

유기농 농약은 만드는 데도, 그 효과를 보는 데도 많은 기다림이 필요하다. 그래서 화약 농약보다 조금은 효과가 더딜 수도 있다. 하지만 자연을 거스르지 않는 것이야말로 말레 마을 사람들이 지켜온 삶의 원

자연을 거스르지 않는 것, 말레 마을이 지켜온 삶의 원칙이자 방식이다

단순히 커피 수확량을 늘리기보다는 깨끗한 커피, 건강한 커피를 키우겠다는 말레 마을 사람들의 의지

칙이자 방식이다. 데브라스는 유기농 농약을 뿌릴 때도 기계를 이용하지 않는다. 그저 아들과 함께 두 손으로 커피나무 구석구석에 정성스럽게 발라주고 나뭇가지를 이용해 골고루 뿌려준다.

우리가 본 마을 사람들은 유기농법으로 농사를 짓는 것이 몸에 밴 듯 너무나 자연스러웠다. 커피뿐만 아니라 그 어떤 작물에도 화학 농약을 쓰지 않았다. 그것은 교통이 불편한 이 산골 마을까지 화학 농약을 사 가지고 오는 것 자체가 어려운 탓도 있었고 농약을 사는 비용이 만만치 않은 까닭도 있었다. 당연한 일처럼 이들에게는 유기농법이 비용도 절감하고 손쉽게 농사짓는 방법으로 자리 잡게 되었다. 마을 사람들은 유기농법이야말로 자연이 그들에게 허락한 농사 방법이라고 생각했다. 자연을 거스르는 일은 해본 적도, 하고 싶지도 않다는 말레 마을 농부들. 이런 고집 속에는 단순히 커피 수확량을 늘리기보다는 깨끗한 커피, 건강한 커피를 키워내겠다는 의지가 담겨 있었다.

"사람 몸에 나쁜 영향을 미치는 것은 화학 농약입니다. 우리는 화학 농약은 전혀 쓰지 않아요. 우리는 약초로 천연 비료를 만들어 사용하고 있습니다. 그래서 사람에게도 식물에게도 절대로 해를 입히지 않습니다. 우리는 커피를 정말 깨끗하게 만듭니다."

데브라스의 가족 중 성인이 된 딸들은 다른 마을로 시집을 갔고, 지금 그와 함께 커피 농사를 짓고 있는 가족은 아내와 막내딸 사비트리, 그리고 아들 프라카스. 데브라스네는 커피의 선구자답게 커피 농사가 점점 잘 되었고 살림도 여유 있어졌다. 그래서 데브라스는 학비와 교통비가 들어가는 상급학교에 아이들을 보낼 수 있었다. 프라카스는 꼭대기 집 둘째 아들인 수바커르(움나트의 동생)와 함께 말레 마을에서 유일하게 상급학교에 다니고 있는 11학년 학생이다. 8학년 졸업반인 사비트리도 여자아이임에도 불구하고 상급학교에 진학시킬 예정이다. 게다가 얼마 전에는 새끼 염소가 두 마리나 태어나 집안 분위기는 더욱 밝아졌다. 커피가 가져다준 행복. 커피 전도사 데브라스와 가족 모두에게 그 행복이 계속 이어지길 간절히 기도한다.

제가 진짜 커피 부자예요

데브라스, 둘씨람, 이쏘리, 이 세 사람을 마을 사람들은 왜 '커피왕 브라더스'라 부를까? 특히 커피왕 브라더스 중에서도 데브라스와 둘씨람은 가장 좋은 커피 밭과 가장 많은 커피나무를 가지고 있다. 데브라스가 말레 마을에 커피를 전파한 전도사라면, 둘씨람은 커피의 가능성을 가장 확실하게 보여준 말레 마을 최고의 커피 부자. 둘씨람이 키우는 커피나무는 마을에서 가장 많은 재배량인 삼백 그루이다. 커피 밭도 집 가까이에 있고 커피나무 상태도 매우 좋아 수확량이 가장 많다. 그의 자녀들 모두가 대도시인 카트만두에서 게스트 하우스를 함께 운영하는 데다 커피 수확량까지 늘어나면서 둘씨람 가족은 말레 마을에서 가장 부유한 집이 되었다. 사실 말레 마을 사람들 모두가 커피 농부가 된 데에는 둘씨람의 성공도 큰 몫을 했다. 데브라스 혼자 커피 농사에 매진하고 있을 때 둘씨람은 데브라스를 믿었다. 판로가 다시 뚫리자 둘씨람

은 사촌동생인 데브라스를 좇아 커피나무를 심기 시작했다. 마을 사람들이 커피 농사에 대해 긴가민가했을 때 둘씨람은 커피가 잘될 거라는 믿음을 가졌다. 그만큼 둘씨람도 커피 농사에 대한 안목이 있었던 것이다. 그리고 둘씨람이 심은 커피도 성공적이었다. 그의 수확량은 데브라스보다 많았고, 이런 둘씨람의 성공을 본 마을 사람들은 커피의 가능성에 확신을 가지게 되었다.

말레 마을에 커피를 전파하고 뿌리내리게 한 공로 면에서, 그리고 커피 부자라는 점에서 데브라스와 둘씨람은 충분히 커피왕 브라더스로 불릴 만하다. 그런데, 또 다른 커피왕 브라더스인 이쏘리 판데. 그는 다른 형제들만큼 경제적으로 여유로운 사람이 아니다. 좀 더 정확히 말하자면 그는 판데 형제들 중 가장 형편이 어렵다. 그런 그가 다른 판데 형

제들과 더불어 커피왕 브라더스로 불리는 이유. 그것은 바로 누구보다도 열심히 커피 공부를 하는 농부이기 때문이다. 우리가 이 마을에 처음 방문했을 때 커피 공부를 하고 싶다는 인상적인 말을 남긴 사람도 이쏘리였다. 그는 20여 년간의 인도 이주 노동을 마치고 3년 전 말레 마을로 돌아왔다. 젊었을 때부터 가난 때문에 어쩔 수 없이 타국을 전전했던 아픔이 있는 사람이었다. 인도에서 돌아온 그는 데브라스와 둘씨람이 커피 농사로 성공하는 모습을 보며 커피가 이쏘리 가족에게 새로운 희망이 되어줄 거라는 꿈을 갖게 되었다. 그는 좋은 커피를 더 많이 수확하는 방법이라면 무엇이든 연구했고 직접 자신의 커피나무에 실험해보곤 했다. 그런 이쏘리의 모습은 마치 커피 농사를 연구하는 학자처럼 보였다. 늘 밭에서 커피나무와 씨름하고 있는 그의 모습은 우리가 마을에서 지내는 동안 늘 볼 수 있는 풍경이 되었다.

이쏘리의 커피는 그의 고향에서 무럭무럭 자랐다. 그러나 우리의 마음을 울린 가슴 아픈 사건이 이쏘리에게 벌어졌다. 엄청난 비가 쏟아져 말레 마을에 물난리가 나던 날, 산사태가 휩쓸고 간 것은 움나트의 커피 밭뿐만이 아니었다. 움나트의 커피 밭 아래쪽에 이쏘리의 커피 밭이 있었고, 그날의 비는 이쏘리의 커피나무 육십 그루도 쓸고 내려가 버린 것이다. 누구보다 커피에 대한 열정으로 가득한 커피 농부 이쏘리. 그러나 그의 커피 밭은 산사태로 흔적도 없이 사라져버렸다. 한 그루 한 그루 그의 손을 거치지 않은 나무가 없었건만…. 이제 더 이상 정성을 다해 물을 주고 가지를 쳐줄 커피나무는 없었다. 그런데, 다행이라고 해야 할까. 육십 그루의 커피나무 중에서 단 한 그루가 산사태에서 살아남았다. 흙 범벅이 되어 기울어진 그 커피나무는 힘겹게 땅에 붙어 있었다.

"내가 심었던 커피나무들이 다 쓸려 내려가고. 이것 하나만 남았어요. 이것 보세요. 가지들이 많이 남았죠. 이걸 보고 다시 희망을 얻고 마음을 다잡게 되었죠. 그래서 커피나무를 다시 심으면 잘될 거라는 기대를 갖게 되었어요."

'희망의 나무'. 살아남은 한 그루의 커피나무를 이쏘리는 그렇게 불렀다. 그리고 집 주변에 심어놓았던 열 그루의 커피나무가 무사했다. 잃어버린 커피보다는 살아남은 커피들을 위해 이쏘리는 힘을 내기로 한 듯 보였다. 그리고 이쏘리는 다시 커피 밭으로 돌아갔다. 어느 날 갑자기 허망하게 사라져버린 커피나무들. 그러나 무시무시했던 산사태도 최고의 커피를 수확하는 농부가 되겠다는 이쏘리의 꿈까지 앗아가진 못했다. 육십 그루의 절망 대신 한 그루의 희망을 바라본 그는, 다시 커피 농사를 시작했다.

오염되지 않은 청정한 히말라야 산자락 속, 그것도 문명의 이기와는 거리가 먼 말레 마을에서 재배되는 커피는 그 자체로도 훌륭한 유기농 커피다. 하지만 이쏘리는 그것에 만족하지 않았다. 보다 질 좋은 커피 재배를 위해 새로운 유기농법을 연구하고 또 연구했다. 우선 이쏘리는 천연 비료에 열정을 보였다. 커피 밭에 충분한 양분을 주어서 커피 열

육십 그루의 절망 대신 한 그루의 희망을 바라본
이쏘리는 다시 커피 농사를 시작한다

매의 질을 높이려는 것이다. 가축의 배설물과 지푸라기를 섞어 말레 마을표 유기농 비료를 만드는 이쏘리. 눈에 보이지 않을 정도로 작은 생명체들이 꼬물거리는 유기농 비료는 땅을 건강하게 만들고, 그 땅은 커피나무를 튼튼하게 길러낸다. 외양간 바로 옆에 산더미처럼 쌓여 있는 천연 비료를 이쏘리가 들춰 보이자 김이 모락모락 올라왔다. 미생물이 비료를 충분히 발효시켰다는 증거다. 그리고 이쏘리는 이 비료를 부지런히 커피 밭으로 날라 커피나무 주변에 정성스럽게 뿌렸다.

우리가 처음 말레 마을에서 커피나무를 보았을 때, 유독 벌레 먹은 잎이 많은 것이 의아했었다. 혹시 제대로 관리하지 못하는 것이 아닐까하는 생각도 했었다. 하지만 그것은 기우에 불과했다. 강한 화학 농약은 해충을 없애지만 그와 함께 이로운 다른 생명체들까지 없앤다. 이쏘리를 비롯한 말레 마을 커피 농부들은 편하고 빠른 방법 대신 느리지만자연과 공생할 수 있는 방법을 택했다. 오직 자연에서 나는 재료로만만든 비료와 농약을 쓰는 말레 마을의 커피나무는 벌레 먹은 잎이 많다. 그리고 그것은 이로운 생명들도 함께 살아 숨 쉬는 건강한 나무라는 증거였다.

땅을 건강하게 만들고 그 땅이 건강한 커피나무를 길러내는 유기농법. 산사태 이후 다시 힘을 낸 이쏘리는 새로운 유기농법 개발에 더욱몰두했다. 어느 날 우리는 풀 짐을 가득 지고 커피 밭으로 향하는 이쏘리를 보았다. 보통 풀을 베면 집으로 가져가는데 그날따라 밭으로 가져가는 것이 이상해서 우리는 그의 밭으로 쫓아가 그 이유를 물어보았다. 그는 열심히 커피 구덩이에 베어 온 풀들을 집어넣고 있었다. 그가 구

말레 마을 커피 농부들은
편하고 빠른 방법 대신
느리지만 자연과 공생할 수 있는 방법을 택했다.
오직 자연에서 나는 재료로만 만든 비료와 농약을 쓰는
말레 마을의 커피나무는 벌레 먹은 잎이 많다.
그리고 그것은 이로운 생명들도 함께 살아 숨 쉬는
건강한 나무라는 증거였다.

땅을 건강하게 만들고 그 땅이 건강한 커피나무를 길러내는 유기농법 개발에 몰두하는 이쏘리

이쏘리가 번마라와 유기농 비료, 자양분이 풍부한 숲속 흙을 커피 구덩이에 넣고 있다

덩이에 넣는 의문의 풀은 '번마라'라는 이름을 가진 네팔에서 자생하는 전통 약초라고 했다. 번마라는 썩혀서 밭의 자양분으로 쓰기도 하고 말려서 민간요법에 사용하기도 한다. 이쏘리는 커피 묘목을 심기 전에 번마라와 자신이 만든 유기농 비료, 그리고 자양분이 풍부한 숲속 흙을 긁어 와서 함께 섞어 커피 구덩이에 넣고 있었다. 여러 번의 시행착오 끝에 이쏘리표 유기농법을 만들어낸 것이다. 우리는 이것을 '번마라 공법'이라고 이름 붙여주었고 이쏘리의 노력에 놀라워했다. 학교도 변변하게 다니지 못한 촌부가 이런 유기농법을 개발해냈다는 사실이 경이로웠다. 그리고 자연을 연구하고 자연과 함께 그 해답을 찾아가는 이쏘리의 번마라 공법은 이후, 말레 마을을 찾은 커피 전문가에게도 좋은

평가를 받았다.

곧 수확철이 다가왔다. 이번 해에 이쏘리 가족이 수확한 커피는 한 바구니 분량(약 1킬로그램)이 전부였다. 산사태에서 살아남은 한 그루의 커피나무와 그의 집 주변에 심었던 커피나무에서만 수확했기 때문이었다. 그래서 우리는 그가 당연히 속상해하고 슬퍼할 것이라 여겼다. 하지만 우리에게 이쏘리는 뜻밖의 말을 건넸다.

"너무… 행복합니다."

이만큼이나마 결실을 거둔 것도 행복하고 앞으로 커피 묘목을 다시 길러낼 것이기 때문에 그 생각만으로도 행복하다고 말했다. 우리는 그 말이 이쏘리의 일시적인 자기 위안도, 어설픈 치기도 아닌 흔들림 없는 믿음이라는 것을 느낄 수 있었다. 절망의 시간을 모두 견딘 후에 채워진 희망….

그는 정말 행복해 보였다. 물론, 세상의 잣대로 본다면, 몇 백 그루씩 재배하는 다른 형제들에 비해 이쏘리는 가진 것 없는 가난한 농부였다. 하지만 데브라스, 둘씨람과 함께 이쏘리를 말레 마을 최고의 커피왕 브라더스로 꼽는 이유는 그 누구도 따라올 수 없는 커피에 대한 그의 열정 때문이다. 당장 그에게는 몇 백 그루의 커피나무도, 많은 양의 커피 수확도 없지만 이쏘리가 가지고 있는 커피에 대한 지식과 열정, 노력만큼은 최고의 재산가라 할 수 있었다. 그래서 이쏘리야말로 말레 마을의 진짜 커피 부자였다.

무엇에 쓰는 물건인고

하늘이 내린 커피 재배지 말레 마을. 마을 주민들 모두가 커피 농부인 말레 마을. 그런데 우리가 촬영을 시작하면서 마을 사람들과 이야기를 나누다 알게 된 한 가지 사실이 우리를 당혹스럽게 만들었다.

"커피는 어디에 쓰일까요?"

우리의 질문에 사람들은 이렇게 대답했습니다.

"옥수수처럼 먹는 건가요…?"

"한 번도 먹어본 적이 없어서 몰라요."

"이왕이면 동물이 아니라 사람이 먹었으면 좋겠어요."

"커피가 외국으로 간다는데 어느 나라에 가는지는 모르겠어요."

누구보다 커피 재배에 열정을 불태우는 사람들. 그런데 커피를 단 한 번도 먹어본 적이 없다니! 처음에는 그 반응들이 이해되지 않았다. 우리는 적잖이 당황했다. 그래도 커피에 대한 다큐멘터리를 만들고자 한

국에서 이 네팔 산골 마을까지 날아왔고 명색이 열한 가구 전부가 커피 농부인데 커피가 어디에 쓰이는 물건인지 모른다니…. 그 당시 말레 마을 농부들은 정말로 커피가 '무엇에 쓰는 물건'인지 전혀 알지 못하고 있었다. 마을 사람들은 커피 열매를 수확해서 내다 파는 것으로 끝이었다. 그들이 아는 것은 거기까지였다. 네팔 사람들은 늘 '찌아'라는 밀크 티를 즐겨 마셨고, 커피가 그들의 차처럼 마실 수도 있다는 사실은 전혀 알지 못했다. 도시에서는 너무나 흔히 볼 수 있는 커피 마시는 광경을 한 번도 본 적 없다는 말레 마을 사람들. 바깥세상과 거의 접촉이 없는 그들이 커피를 모르는 것은 어찌 보면 당연한 일이었다.

그로부터 얼마 후, 굴미커피협동조합이 말레 마을 커피 농부들을 위한 특별 이벤트를 마련했다. 커피 농부들을 위한 최초의 커피 시음회를

양념을 빻는 돌절구에 커피 원두를 넣어 빻고, 차처럼 우려 마시는 말레 마을 첫 시음회

갖게 된 것이다. 커피를 맛보는 것도 일종의 커피 교육의 일환이었다. 커피 맛을 알게 된 농부들은 더 좋은 품질의 커피를 만들기 위해 구체적이고 체계적으로 노력을 기울일 수 있기 때문이다.

네팔에서도 굴미는 도심과 떨어진 지방에 속했지만, 굴미는 네팔에서 최초로 커피가 재배된 지역이며 유기농 공정무역 커피 생산지로서 풍부한 잠재력을 가진 지역이었다. 굴미커피조합은 굴미 각 산골에서 재배된 커피를 수매하고 외국과의 교역을 연결하는 역할을 한다. 그래서 조합의 직원들이 산골 마을을 다니며 커피 교육을 하기 위해 애쓰지만 아직 그들의 손길이 채 미치지 못한 곳이 많았고, 말레 마을도 그중 하나였다. 그러다 보니 말레 마을 주민들은 커피를 어떻게 마시는 건지 볼 기회도, 배울 기회도 없었던 것이다.

이번에 조합에서 열어준 커피 시음회. 이 시음회는 단순히 커피 맛을 보는 자리가 아니었다. 커피 열매가 어떤 과정을 거쳐 어떻게 음료가 되는지 가장 기본이 되는 지식을 배우는 자리이기도 했다. 이날 마을 사람들은 '그린 빈(생두, Green Bean)'과 '블랙 빈(원두, Black Bean)'을 처음으로 만났다.

커피나무에서 수확할 시기가 된 커피 열매는 빨간 체리처럼 생겨서 '커피 체리'라고 부른다. 이 빨간 열매의 껍질과 과육을 제거하면 우유 빛깔의 딱딱한 커피콩이 남는다. 이것을 파치먼트 커피라고 부르는데, 이 파치먼트를 만들기 위해 껍질과 과육을 제거하는 과정을 '펄핑'이라고 한다. 펄핑을 마친 커피콩은 그늘에서 숙성 과정을 거친 후 햇볕에 잘 말려 건조된 상태가 되면 쌀처럼 탈곡을 한다. 이때 껍질이 완전히 제거되면서 연초록 빛깔을 띠는 생두가 완성된다. 그것을 '그린 빈'이라 부르며, 그린 빈을 적당하게 고온에서 볶은 것을 우리가 흔히 커피 원두라 부르는 까만 콩 '블랙 빈'이라 한다.

마을 사람들이 알고 있던 커피는 오로지 익어가는 푸른색 열매이거나 수확할 시기를 맞은 빨간 열매뿐이었다. 모두가 생전 처음 보는 까만 콩 '블랙 빈'을 신기하게 바라보았고, 그들의 시선을 더욱 사로잡은 것은 커피를 만드는 과정이었다. 한국에서야 성능 좋은 분쇄기로 커피 가루를 만들지만 그날 말레 마을에서는 양념을 빻던 돌절구에 원두를 넣고 빻았다. 능숙한 조합원의 손길을 거쳐 제법 모습을 갖춘 커피 가루. 다음 단계는 잘 빻은 커피 가루를 뜨거운 물이 담긴 양철 냄비에 넣고 커피가 우러나도록 기다리는 것이다. 네팔식 커피는 우리와 만드는 방법이 약간 달랐다. 그들은 뜨거운 물에 커피 가루를 넣고 기다렸다 우려내 마셨다. 이런 과정을 호기심 어린 눈으로 바라보는 마을 사람들. 어른 아이 할 것 없이 데브라스 집 마당에 둥그렇게 모여 앉아 이 신기한 커피 만드는 과정을 지켜보았다. 특히 커피왕 브라더스의 관심은 남달랐다. 눈빛을 반짝이며 과정 하나하나를 숨죽여 지켜보았다.

어느새 마을 사람들 사이에 가득히 퍼지는 향긋한 커피 향기. 도대체 저런 향기를 내뿜는 커피의 맛은 어떨까? 마을 사람들 모두가 그 궁금증에 말없이 커피가 완성되기만을 기다렸다. 마침내 완성된 커피. 말레 마을 첫 커피 시음회가 시작됐다. 마을 사람들 모두에게 공평하게 커피 한 잔씩 돌아갔다. 하나둘 커피 맛을 보기 시작하는 사람들…. 그런데,

가득히 퍼지는 향긋한 커피 향기
커피의 맛은 어떨까?
마을 사람들은 숨죽여 기다린다

어쩐지 표정들이 어색했다. 나렌 판데는 커피 한 모금을 들이켜자마자 연신 기침을 해댄다. 쓴맛에 찡그리는 남자들, 급기야 사양하는 사람까지 생겼다. 대부분의 반응들은 "커피가 너무 써요."였다. 향은 참 좋은데 설탕을 넣지 않은 이 블랙커피는 그들에게 전혀 기대 밖이었나 보다. 커피를 처음 마셔본 마을 사람들의 순진무구한 표정이 우리에겐 무척 인상적이었다.

설탕을 듬뿍 넣은 밀크티를 즐겨 마시는 이들에게 커피는 익숙하지 않은 맛이었다. 결국 설탕을 넣어 마셔보는 사람들. 설탕을 넣어 먹으니 괜찮다는 사람들이 하나둘 늘어났다. 결국, 커피를 받아 든 모두가 단 한 방울의 커피도 남기지 않았다. 한평생 이 깊은 산골에서 똑같은 음식을 먹어왔던 말레 마을 사람들에겐 새로운 음식을 맛볼 기회가 흔치 않았다. 그런 사람들이 태어나 처음으로 '커피'라는 새로운 맛의 세계에 입문한 것이다. 시종일관 기대감과 호기심 속에서 진행됐던 말레 마을의 첫 커피 시음회는 그렇게 성공적으로 끝이 났다.

태어나 처음으로 커피라는
새로운 맛의 세계에 입문한 사람들
새로운 음식을 맛볼 기회가 없던 이들에게
커피는 신선한 충격이었다

자연을 거스르지 않는다

　우리가 마을로 들어온 지 한 달이 조금 넘었을 12월 말. 이른 아침부터 말레 마을에 심상치 않은 기운이 감돌았다. 양동이를 들고 급히 발걸음을 옮기는 데브라스의 딸 사비트리. 따라가 보니 근심 어린 얼굴로 수돗가에 우두커니 서 있었다. 자세히 보니 수도꼭지를 활짝 열었는데도 물은 한두 방울씩밖에 떨어지지 않았다. 다른 집도 사정은 마찬가지. 마을 전체에 물이 나오지 않는 비상사태가 벌어진 것이다. 원인은 산 위에서 물이 흘러 내려와야 하는 마을 수로가 바닥을 드러냈기 때문. 마을에 대체 무슨 일이 일어난 것일까.

　건기와 우기가 뚜렷한 말레 마을은 우기 때에는 비가 많이 오기 때문에 수로에 물이 충분하지만 건기 때가 되면 늘 물이 부족하다. 그래도 수로가 완전히 바닥을 드러낸 이 상황은 꽤 심각한 것이었다. 식수도 식수지만 무엇보다 마을 사람들이 가장 걱정하는 것은 커피나무였다.

건기가 돌아오면 말레 마을 사람들은 커피나무에 충분한 물을 주기 위해 동분서주해야 했다

평소에도 물을 넉넉히 줘야 하지만 특히 커피나무가 싱그러운 초록의 열매를 맺는 12월에는 그 어느 때보다 많은 물을 필요로 했다. 하필이면 바로 이때 마을의 수로가 말라버린 것. 관개시설이 제대로 되어 있지 않은 이 산골 마을에서는 물 문제가 항상 고민거리였다. 지금의 수로도 마을 사람들이 어려운 형편이지만 조금씩 돈을 모아 만든 것이었는데 이마저도 말라버린 것이다. 마을 사람들은 걱정스러운 얼굴로 삼삼오오 모여 있었다. 그들의 대화는 이렇게 가뭄이 오래 지속되면 커피 농사를 망칠 수도 있다는 불안감으로 가득했다.

잠시 후, 그들은 우리에게 특별한 설명도 없이 어디론가 바삐 향하기 시작했다. 예고도 없이 갑작스럽게 이뤄진 일이었다. 행선지도 모른 채 우리도 그들의 뒤를 급히 따라 나섰다. 험산 산길을 쉴 새 없이 오르길 두어 시간. 마침내 도착한 곳은 마을의 물길이 시작되는 수원지가 있는

옆 산이었다. 전문 장비를 부를 형편이 안 되는 그들은 직접 자신들의 손으로 수원지의 물길을 마을 쪽으로 바꾸기로 한 것이었다.

모든 것을 자연 방식 그대로 유지하는 말레 마을 사람들이었지만, 그렇다고 저절로 수로에 물이 채워지기만을 두 손 놓고 기다릴 수만은 없었다. 그래서 그들이 찾은 해결책은 오직 두 손으로 물길을 바꾸는 것.

저수지를 파거나 무리한 공사는 하지 않았다. 다만, 수원지의 물이 마을로 향할 수 있도록 돌을 골라내고 풀로 이리저리 막아가며 물길을 터주는 것이 전부였다. 너무나 단순한 이 방법만으로 과연 이 심각한 상황을 해결할 수 있을까. 그렇게 두 손으로 물길을 내는 작업이 시작된 지 몇 시간이 흘렀다. 효과가 있을까. 마을 어귀 수로에서 기다리기로 한 우리도 조바심이 나기 시작했다. 그러나 잠시 후, 우리는 신기하게도 마을 수로로 물줄기가 흘러 들어오는 광경을 보게 되었다. 산 위에서부터 마을 수로로 물이 흐르기 시작했다. 그리고 언제 그랬냐는 듯 맑은 물로 가득 채워진 말레 마을의 수로. 너무 당연하다는 듯이, 수로에 물이 채워지자 사람들이 가장 먼저 달려간 곳은 커피 밭이었다. 행여나 그 사이 커피나무가 상하지 않았을까. 아이들까지 모두 매달려 커피나무 한 그루 한 그루마다 두 손으로 정성스레 물을 주었다. 초록의 커피 열매가 그 물을 받아 마셨다. 커피나무가 촉촉하게 물기를 머금기 시작하자 마을 사람들 얼굴에는 비로소 안도의 표정이 번졌다.

그 어느 곳보다도 변화무쌍한 히말라야의 대자연. 그것은 때로는 축복도 주었지만 때로는 혹독한 시련도 안겨주었다. 우기가 되면 산사태를 걱정해야 하고, 건기가 되면 물과의 전쟁을 치러야 하는 말레 마을. 그러나 말레 마을 사람들은 언제나 그 숙명을 담담하게 받아들였다. 포기하거나 좌절하지도, 그렇다고 거스르지도 않았다. 오로지 자연 속에서 자신들이 할 수 있는 몫을 찾아 모든 정성과 노력을 다해왔다. 변화무쌍한 대자연만이 진짜 건강하고 향기로운 커피를 품을 수 있다는 것을, 말레 마을 사람들은 배우지 않아도 생생한 삶으로 터득하고 있었다.

첫
바
리
스
타
신
고
식

커피왕 브라더스의 한 사람, 둘씨람 판데의 집은 말레 마을 사랑방으
로 통했다. 마을에서 가장 부자이기도 하고 제일 좋은 집이기도 하지만
이렇게 마을 사랑방이 된 데에는 TV가 큰 몫을 했다. 데브라스가 말레
마을의 커피 전도사라면, 둘씨람은 말레 마을의 TV 전도사다. 산골 오
지에 살지만 바깥세상에서 무슨 일이 벌어지고 있는지 알아야 한다고
생각한 둘씨람은 1년 전 말레 마을에 처음으로 TV를 들여왔다. TV가
들어오기 전에는 마을 밖에서 벌어지는 일들에 대해 인편으로 전해 듣
는 소식 외에는 알 길이 없었다. 이 마을 사람들은 마이클 잭슨이 누군
지, 미국 대통령 이름이 무엇인지, 9.11 테러 같은 큰 사건이 일어난지
도 전혀 알지 못했다. 하지만 TV가 들어오고 나서부터 마을 사람들은
바깥세상에서 어떤 일이 벌어지고 있는지 알 수 있었고 서양 가수들의
노래도 들을 수 있게 되었다. 그래서 일주일에 이틀은 저녁마다 둘씨람

집으로 TV를 보기 위해 마을 사람들이 모여들었다. 둘씨람 집에는 마을에서 가장 크고 좋은 TV가 있고, 마을 사람들 모두가 앉아 볼 수 있을 정도로 널찍한 공간도 있기 때문이다.

말레 마을 사람들에게 TV는 세상과 연결해주는 유일한 통로이자 오락거리였다. 그들이 가장 좋아하는 프로그램은 일주일에 두 번 방영하는 인기 시트콤 '메리 밧세이'다. 가족들의 이야기를 주 소재로 하는데 말하자면 네팔식 시트콤 드라마다. 하루 일과를 마치고 저녁을 먹은 후 메리 밧세이를 보는 것은 마을 사람들의 가장 큰 즐거움이었다. TV에서 눈을 떼지 못하는 사람들. 프로그램이 끝날 때까지 할아버지도 아이들도 연신 웃음이 그칠 줄 모른다. 마치 우리의 지난 시절을 보는 듯, 그것은 우리에게도 아련하고 익숙한 풍경이었다.

마을 사람들이 모여 TV를 보는 시간은 바깥세상과 소통하는 유일한 시간이다

　이 정겨운 사랑방에서 말레 마을의 첫 바리스타 신고식이 열렸다. 지난번 첫 커피 시음회 때는 조합의 직원이 만들어준 커피를 맛보기만 했는데, 이번에는 마을 사람들이 전문가의 도움 없이 직접 커피를 볶아 마셔보기로 한 것이다. 그것도 몇몇 사람들만이 아닌 마을 사람들 모두가 번갈아 도전하기로 했다.

　1차 도전은 커피를 볶는 것. 타지 않고 적당하게 잘 볶아내는 것이 관건이었다. 제일 먼저 도전한 사람은 이 사랑방의 여주인 둘씨람의 아내 크리쉬나. 프라이팬에 커피 생두를 넣고 나무 막대기로 휘휘 저어가며 볶기 시작했다. 생전 처음 해보는 일인데도 의외로 커피 볶는 일을 너무도 능숙하게 해냈다. 알고 보니 그런 능숙한 손놀림에는 다 이유가

옥수수를 볶던 프라이팬에 볶아 더 고소하고
돌절구로 갈아 더 진한 향기를 내뿜는
말레 마을표 커피

있었다. 말레 마을 사람들은 간식으로 옥수수를 볶아 팝콘을 만들어 먹곤 했는데, 그래서 태우지 않고 적당하게 잘 볶아내는 기술을 자연스럽게 터득하게 된 것이다. 게다가 옥수수를 볶는 프라이팬과 나무 막대기는 모든 집의 상비품. 어쩐지 앞으로 말레 마을 사람들에게 커피는 옥수수만큼이나 친숙한 존재가 될지도 모르겠다는 생각이 들었다.

2차 도전은 잘 볶아진 커피를 분쇄하는 일. 부엌에서 양념을 빻을 때 사용하는 돌절구는 커피에게도 매우 유용했다. 이번엔 열네 살 커피 농부 수바커르가 도전장을 내밀었다. 역시 아주 능숙하게 해냈다. 고가의 로스팅 기계나 분쇄기가 없어도 상관없었다. 오히려 옥수수를 볶던 프라이팬에 볶아낸 원두는 더 고소했고, 돌절구에 갈아낸 커피는 더 진한 향기를 내뿜었다. 사실 우리는 이제껏 커피를 비싼 로스팅 기계에서 볶아야 맛이 있는 줄 알았다. 하지만 이렇게 프라이팬에 볶는다 해도 커피 맛에는 아무런 문제가 없었다. 커피는 이미 산지에서 여물 때 맛이 결정되는 건 아닐까. 마을 사람들의 손을 거쳐 어느새 완성된 말레 마을 커피. 커피 향기가 둘씨람네 집 안으로 퍼져나가면서 사람들의 표정이 더욱 밝아지기 시작했다.

"커피 냄새가 너무 향기로워서 빨리 먹고 싶어요."

마을 사람들의 손길만으로 완성된 첫 번째 커피. 직접 자신들의 손으로 만들어 더욱 향기로운 커피. 이번에도 모두에게 공평하게 돌아갔고, 모두가 행복한 얼굴로 커피를 즐겼다. 커피라는 음료를 생전 처음 맛본

169

것이 불과 얼마 전이었다. 처음 우리가 이곳을 찾았을 때 이들은 커피가 어떤 맛인지도, 또 어떻게 먹는 것인지도 전혀 알지 못했다. 그런 이들이 직접 커피를 만드는 단계까지 왔으니 정말 장족의 발전을 한 셈이었다. 쓴맛에 익숙하지 않아 설탕부터 찾던 사람들도 블랙커피를 여유 있게 즐기게 되었다. 게다가 앞으로 커피를 더 가까이해야 할 이들만의 새로운 이유도 있었다.

원래 마을 사람들이 즐겨 먹어온 찌아는 설탕을 많이 넣어야 한다. 하지만 설탕은 네팔에서 가장 귀한 식료품 중 하나였고, 우리가 장맛으로 그 집의 음식맛을 가늠하듯이 이들은 찌아만으로도 그 집의 형편을 알 수 있었다. 찌아가 아주 달콤하다는 것은 그 집이 설탕을 마음 놓고 살 수 있을 만큼 여유가 있다는 의미였다. 형편이 좋지 않을수록 찌아가 달지 않다는 말이 있을 정도였다. 그런데 커피는 찌아보다 설탕을 적게 넣어도 맛이 좋으니 커피를 많이 마시면 마실수록 이익을 보는 셈. 모두들 설탕 값도, 카페인도 줄일 수 있다는 기대감에 커피를 더 가까이하기로 했다. 그 후로 우리는 마을 곳곳에서 새로운 풍경을 볼 수 있었다. 마을 사람들이 삼삼오오 모일 때면 늘 즐겨 마시던 찌아 대신 여유로운 표정으로 커피를 즐기게 된 것이다. 그들은 진한 향기와 함께 찾아온 그 새로운 그 휴식을 '커피 찌아'라 불렀다.

처음으로 마을 사람들이 직접
자신의 손으로 커피를 볶고 빻아서 내려 마셔보는 날.
말레 마을 첫 카페가 된 둘씨람네 사랑방은
커피 향으로 가득하다.
주전자에 뜨거운 물, 커피, 설탕을 넣고 저은 후
거름망을 대고 컵에 따르면
맛있고 향기로운 말레 마을표 커피가 완성된다.
진한 향기와 함께 찾아온 휴식… 커피 찌아 시간은 달콤하다.

To. 우리의 커피를 마시게 될 누군가에게

안녕하세요. 우리는 말레 마을 깐치 삼총사입니다.
우리는 모두 사랑받는 막내딸이라
사람들은 우리를 깐치(막내) 삼총사라고 부릅니다.
우리의 이름은 사비트리, 자나끼, 움깔라입니다.

우리는 언제나 함께합니다.

이른 아침 풀을 베러 갈 때도, 학교에 갈 때도, 숙제를 할 때도
늘 함께하는 우리는 언제나 마음이 잘 맞는 단짝입니다.
함께하면 즐거운 존재,
그게 바로 친구인가 봅니다.

우리 중에 공부를 가장 잘하는 아이는 자나끼입니다.
지금 자나끼의 소원은 커피 농사가 잘 되는 것입니다.
자나끼의 아빠 이쏘리 아저씨는 우리 마을 최고의 커피 농부지만
지금 형편으로는 자나끼의 상급학교 진학이 힘들다고 하거든요.
그래서 우리 깐치 삼총사는
우리 모두의 커피 농사가 성공하길,

특히 자나끼네 커피가 주렁주렁 열매 맺길 빌고 또 빕니다.

사실, 우리는 알지 못했습니다.
우리가 키우는 커피나무들,
그 무성한 나뭇잎 사이에 매달린 빨간 작은 열매들이
그렇게 깊은 향기를 품고 있는 줄은 말이죠.

하지만 이제 우리는 알게 되었습니다.
우리 말레 마을 사람들이
정성스레 물을 주고 깨끗한 거름을 주고
커피나무를 잘 돌보면 돌볼수록

더 건강하고 더 향기로운 커피가 된다는 것을요.

그리고 우리는 알게 되었습니다.
그늘도 많고 안개도 많은 가난한 우리 마을이지만
커피 농사만큼은 누구보다 잘 지을 수 있는
선택받은 마을이라는 것을요.

그리고 우리는 알게되었습니다.
이 빨간 열매가
우리에게 좀 더 나은 미래를 가져다줄 마법이라는 것을요.

우리는 이제 더 알고 싶습니다.
우리가 정성스레 길러낸 이 커피 열매가
어떤 이들의 입 안을, 어떤 이들의 가슴을 향기롭게 해줄지
우리는 알고 싶습니다.

그들을 위해
우리는 오늘도 우리만의 아름다운 커피를 만들 테니까요.

기억해 주실래요.

커피 향이 유난히 마음을 적신다면…

기억해 주실래요.

히말라야 깊은 어느 산골 마을에서

씩씩하게 커피나무를 가꾸는 우리를 말이에요.

아름다운 커피가 키워내는 희망을 말이에요.

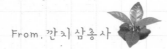

From. 깐치 삼총사

5

열 살 선생님,
서른여덟 살 제자

Himalayas Coffee Road

가난하지만
행복한
로크나트
가족

친 구 처 럼 친 근 하 고 자 상 한 아 빠

항 상 가 족 의 복 을 비 느 라 바 쁜 엄 마

커 피 농 부 장 학 생 인 형 과 누 나

그 리 고

말 레 마 을 최 고 의 개 구 쟁 이 나 , 비 제 이

우 리 가 족 을 소 개 합 니 다 .

시간이 멈춘 남자

늘 우리 주변에 머물면서 우리가 무엇이 필요하다고 생각되면 가장 먼저 달려와 도움을 주는 사람이 있었다. 그의 이름은 로크나트. 사람 좋아 보이는 인상과 재치 있는 말솜씨를 가진 그는 우리를 사로잡았고, 우리는 그와 더 많은 시간을 함께 보내고 싶었다.

하지만 로크나트는 약속하고 정식으로 만나려면 돌연 '만나기 힘든 남자'로 변신했다. 그의 생활을 촬영하고 그의 이야기를 듣고 싶어 다음날 몇 시에 집으로 찾아가겠다고 말하면, 그 시각 그는 집에 나타나지 않았다. 그렇게 그와 약속하고 바람 맞고 다시 약속하기를 몇 차례 반복했다. 촬영에도 스케줄이 있었고, 산골에 있는 말레 마을을 맨 꼭대기 집에서부터 맨 아래 집까지 오르내리는 일도 만만치 않았는데, 그는 번번이 약속을 지키지 않았다. 처음에는 그가 우리와 만나는 것을 꺼린다고 생각했다. 하지만 저녁 무렵 우리가 불을 피우며 식사 준비를

말레 마을에서 가장 행복한 가정을 가꾸고 있는 로크나트 부부

하고 있으면 어김없이 나타나 땔감을 슬그머니 놓고 가는 걸 보면 꼭 그런 것만도 아닌 듯했다. 도대체 그는 왜 촬영을 피하는 걸까? 이것은 말레 마을에 들어온 후 우리의 첫 번째 미스터리였다.

그렇게 로크나트와의 숨바꼭질이 몇 번이나 지속되다 우리는 겨우 그와 만날 수 있었다. 그날 로크나트는 자신의 집 마당에 길게 누워 잠들어 있었다. 우리와의 약속을 또 잊어버렸던 걸까, 아니면 기다리기 지루해 잠들어버린 걸까. 이윽고 우리는 로크나트가 그동안 왜 약속을 지키지 못했는지에 대한 조금은 남다른 사정을 들을 수 있었다.

정규 교육을 전혀 받지 못한 로크나트는 시계를 볼 줄 몰랐다. 우리는 그것도 모르고 그냥 몇 시에 찾아가겠다고만 말했고, 시계 볼 줄 모른다고 말하기 창피했던 그는 건성으로 그러라고 대답하곤 했던 것이다. 그런 그로서는 우리와의 시간 약속이 무의미하기만 했다.

열 살 선생님,
서른여덟 살
제자

본의 아니게 번번이 우리를 바람 맞힌 게 미안했던 로크나트가 우리를 무작정 기다리고 있다

우리가 드디어 그와 정식으로 약속을 잡고 만난 날, 로크나트는 약속을 잊어버려서도 아니었고, 잠깐의 기다림이 지루해 잠든 것도 아니었다. 본의 아니게 번번이 우리를 바람 맞힌 게 미안했던 로크나트는 아예 아침 일찍부터 자리를 깔고 무작정 기다리기로 한 것이다. 그러고는 결국 기다리다 지쳐 잠이 들어버린 것이다. 이런 그의 사정을 듣고 우리는 그에게 미안한 마음이 들었다. 진작 우리가 이 사정을 알았더라면 그를 이렇게까지 곤란하게 하지는 않았을 텐데, 후회가 밀려왔다. 로크나트가 시계를 볼 줄 모른다고는 상상도 하지 못했던 우리는 이런 숨바꼭질 끝에 로크나트에 대한 미스터리를 풀 수 있었다.

아들 둘, 딸 하나를 둔 로크나트. 그는 올해 나이 서른여덟 살이라 '추정'되는 커피 농부이자 나무꾼이다. 그는 시계만 볼 줄 모르는 것이 아니었다. 그는 자기 이름을 쓸 줄도, 셈을 할 줄도 모르는 문맹이었다. 지능이 떨어지거나 그런 것이 아니라 전혀 배울 기회가 없었을 뿐이고, 그는 말레 마을 사람들 중 거의 유일한 문맹이었다.

로크나트의 부모님은 정말 찢어지게 가난했다고 한다. 아버지의 둘째 부인에게서 둘째 아들로 태어난 로크나트는 다섯 살 때부터 산으로 나무를 하러 다녔다. 그때는 당연히 집안일을 도와야 한다고 생각했고 그의 다른 형제들도 마찬가지였다. 로크나트가 학교에 갈 나이가 되었을 무렵 그는 스스로 학교 가는 것을 포기했다. 그나마 형들과 동생들은 학교에 갈 수 있었지만, 그의 아버지는 순박하고 착한 로크나트가 학교에 가지 않고 집안일을 돕겠다고 했을 때 말리지 않았다고 한다.

그때는 그만큼 일손이 필요했다. 어린 시절과 청년 시절을 그저 우직하게 일만 하며 보낸 로크나트에게는 그 이후에도 글을 배울 기회가 주어지지 않았다.

"이름이 뭐예요?"

"로크나트 크나우제."

"나이는 몇이에요?"

"몇 살이더라…."

정식으로 인터뷰를 시작했지만 로크나트는 자신의 나이도 잘 몰랐다. 곁에 있던 아내 인디라가 "1970년생이잖아요."라고 거들자 그제서야 "1970년생입니다. 몇 살인지는 알아서 계산해보세요."라고 대답했다. 우리는 그의 나이에 대한 기억이 맞는지 확인하기 위해 주민증을 살펴봐 달라고 부탁했다. 셈을 할 줄도 숫자를 읽을 줄도 모르는 로크나트는 그저 주민증을 황망하게 바라볼 뿐이었다. 정말 까만 것은 글씨고 하얀 것은 종이였다. 그나마 아내가 초등학교 2학년까지 다녔다고는 하지만 로크나트와 별반 다르지 않은 상황이었다. "우리 둘 다 무식해서 잘 모르겠어요."라고 인디라가 답하자 로크나트의 얼굴에는 당황하는 기색이 역력했다. 우리가 웃으며 "우리도 힌디 글자(네팔의 공용 글자)를 모르고 로크나트도 힌디 글자를 모르니 같은 상황이네요."라고 말하자 비로소 웃음을 보이던 로크나트. 글을 모른다는 것, 그것이 로크나트가 세상을 살아가는 데 얼마나 큰 장애로 작용했는지는 로크나트 본인 이외에는 상상도 할 수 없을 것이다.

아들 둘, 딸 하나를 둔 로크나트.
커피 농부이자 나무꾼인 로크나트는
자기 이름을 쓸 줄도, 셈을 할 줄도 모르는 문맹이다.
어린 시절과 청년 시절을
그저 우직하게 일만 하며 보낸 로크나트에게는
글을 배울 기회가 주어지지 않았다.
글을 모른다는 것,
그것은 로크나트에게 상상 이상의 아픔을 주곤 했다.

로크나트의 원래 직업은 나무꾼이다. 나무를 땔감으로 잘라 파는 이웃 마을 사람에게 고용되어 하루에 200루피(한화 약 3000원)를 받고 아침부터 밤까지 일한다. 그리고 부업으로 바나나 파는 일을 하고 있다. 로크나트에게는 농사지을 충분한 땅이 없었기 때문에 농사만으로는 가족을 부양할 수 없었고, 나무꾼 품삯과 바나나 판 돈을 모아야만 근근이 생활할 수 있었다. 하지만 그것만으로는 세 명의 아이를 학교에 보내고 온 가족이 먹고 살기에는 빠듯한 형편이었다.

하루는 로크나트가 밭에서 바나나를 베어 왔다. 바나나는 로크나트에게 소중한 재산이었기에 그는 늘 바나나를 조심스럽게 다루었다. 바나나를 이웃 마을에 팔러 갈 때면 아내는 로크나트에게 늘 적당한 값을 받아 오라고 당부했다. 인디라가 말하는 적당한 가격은, 바나나 한 개당 3루피. 더군다나 로크나트의 바나나는 약바나나라고도 일컬어지는 품질이 뛰어나고 맛이 좋은 바나나였다. 아내의 당부에 그는 늘 그러마라고 시원스럽게 대답하곤 했다.

다음날, 로크나트는 아름다운 새벽안개를 가로지르며 발걸음을 재촉했다. 이웃 마을로 바나나를 팔러 가는 길이다. 슬리퍼를 끌며 한 손에는 바나나 꾸러미를 소중히 들고 재빠르게 걸어가는 로크나트. 이웃 마을에 도착한 그는 사람들의 왕래가 가장 많은 나무 아래 자리를 깔았다. 그리고 바나나 살 사람을 기다렸다. 손님이 없어서 마냥 기다렸다가 드디어 한 손님이 나타났다. 이 손님은 대뜸 바나나 열 개에 20루피를 불렀다. 바나나 하나에 3루피이니 이만저만 에누리가 아닌데도 로크나트는 바나나를 덥석 내밀었다. 그것도 열 개가 넘어 보이는데도 세

나무를 해서 버는 돈은
로크나트네의 가장 큰 수입원이다

사람들의 왕래가 가장 많은 나무 아래에서 바나나 손님을 기다리는 로크나트

로크나트는
숫자를 모르니
돈을 얼마나 받았는지 모르고
셈을 할 줄 모르니
얼마를 거슬러줘야 하는지 모른다

지도 않고 그냥 내주는 것이었다. 로크나트는 숫자를 셀 줄 몰랐기 때문에 언제나 이렇게 손해를 보며 바나나를 팔고 있었던 것이다. 숫자를 모르니 돈을 얼마나 받았는지도 모르고, 셈을 할 줄 모르니 얼마를 거슬러줘야 하는지도 몰랐다. 운 좋게 정직한 손님을 만나면 다행이었고 대부분은 울며 겨자 먹기로 에누리 아닌 에누리를 해줘야 했다.

글을 모르면 그렇게 늘 얼마만큼은 손해 보고 무시당하는 걸, 그렇게 늘 불편함과 부당함을 감수해야 한다는 걸, 로크나트는 살면서 뼈저리게 알게 되었다.

> "나중에서야 공부를 안 하면 이렇게 된다는 걸 알게 됐습니다.
> 지금은 공부를 하지 못해서 마음이 아픕니다. 그래서 아이들은
> 제대로 교육시키기 위해서 커피를 심고 있습니다."

교육의 기회조차 갖지 못한 채 평생 일만 하며 살아온 로크나트. 그는 몇 년 전 인도로 이주 노동을 떠났다가 사고를 당해 다리까지 불편한 상황이었다. 그것도 글을 몰라서 당한 사고였다. 친구를 만나기 위해 약속 장소로 가던 로크나트는 친구가 알려주었던 간판 사인을 읽지 못해 헤매다 공사 중인 구덩이에 빠진 것이다. 글을 알았더라면 금방 찾았을 장소를 찾지 못해 생긴 사고였다. 이 사고로 그는 다리에 철심을 박는 대수술을 하고 돈 한 푼 없이 다시 고향 말레 마을로 돌아와야 했다.

그렇다고 한 가정의 가장이 놀고 있을 수만은 없었다. 불편한 다리를

이끌고 나무를 베는 일로 생계비를 마련해왔지만 쉽지 않은 일이었다. 게다가 그 일마저도 늘 할 수 있는 것이 아니라 불러줘야 할 수 있는 일용직이었다. 다른 집 가장들은 인도나 두바이로 이주 노동을 떠나 돈을 벌어 왔지만 글도 모르고 몸까지 불편해진 로크나트는 이제 멀리 외지로 나갈 엄두조차 내지 못했다.

그런 로크나트에게도 말레 마을의 커피는 새로운 희망이 되어주었다. 커피는 하루 200루피와 어설프게 판 바나나 외에도 고정 수입이 될 수 있는 유일한 수단이었다. 로크나트는 커피 농사에 모든 것을 걸었고, 자신의 집 바로 아래에 있는 밭을 갈아서 어엿한 커피 밭으로 일구어놓았다. 심하게 경사진 땅이었지만, 그 밭에 심어놓은 45그루의 커피나무는 그에게 가장 소중한 재산이었다. 로크나트는 아침과 저녁, 커피나무를 애지중지 가꿨다. 배우지 못한 설움을 그의 사랑스러운 아이들에게 물려줄 수 없었기에, 아이들을 학교에 보내기 위해서는 돈이 필요했기에, 그는 커피나무에 더욱 기대를 걸 수밖에 없었다. 커피를 키워서 무엇을 사고 싶으냐는 우리의 질문에 그는 한 치의 망설임도 없이 "우리 아이들 학교 보내는 비용으로 쓰고 싶어요."라고 말했다. 그의 대답 속에는 아이들만큼은 자기처럼 무식한 사람으로 만들지 않겠다는 아버지의 절절한 사랑이 녹아 있었다. 하지만 커피의 가치에 대해 알면 알수록 그의 안타까움은 커져만 갔다. 커피 농사를 잘 지어야 아이들을 남부럽지 않게 가르칠 수 있을 텐데…. 커피로 인해 말레 마을의 살림에는 큰 변화가 시작되었지만, 그 변화에 유난히 적응하지 못하는 그는, 여전히 시간이 멈춰버린 남자였다.

바라보는 것만으로도 행복을 주는 존재, 로크나트 부부의 사랑을 받고 자란 아이들

세상에서 가장 행복한 가족

마을에서 유일한 문맹이지만 로크나트는 가장 자상한 아빠, 인디라는 가장 다정한 엄마였다. 사실 로크나트의 어려운 사정을 알고 난 후라 우리는 로크나트 집이 조금은 우울하고 어두운 분위기일 거라 생각했다. 하지만 로크나트 집의 풍경은 우리의 예상과는 전혀 달랐다.

매일 아침 로크나트 집에서는 늘 한결같은 풍경이 펼쳐졌다. 학교 갈 준비로 난리법석인 세 명의 아이들. 보통의 네팔 가정에서는 이 모든 것을 다 엄마가 감당하지만 로크나트네는 아빠가 직접 아이들을 자상하게 챙긴다. 그리고 그 시간, 엄마 인디라는 남편과 아이들을 위해 신께 기도 드리는 뿌자 의식을 올린다. '뿌자'란 신께 기도를 올리며 축복을 비는 힌두교 의식으로 그 목적이나 주관하는 신에 따라서 내용이 조금씩 달라진다. 그 기도가 끝나면 인디라는 장소가 부엌이든 마당이든 상관없이 남편의 발에 경건하게 물을 뿌리고 입을 맞춘다. 지나친 남존

남편과 아이들, 그리고 커피를 위해 정성스레 신께 기도 드리는 인디라

여비처럼 보일 수 있는 행동이지만, 인디라 스스로가 남편을 위해 진심으로 올리고 싶어 하는 의식이라고 했다. 말레 마을 사람들 모두가 매일 뿌자를 하고 있지만 간단한 약식으로 진행하는 것이 보통이다. 하지만 인디라는 매일 아침마다 가족 모두에게 티카를 해주고 마당의 신전 앞에서 정성스레 뿌자를 올리곤 한다. 그리고 나서야 온 가족이 모여 아침 식사를 시작한다.

그리고 우리의 눈에는 또 다른 '의식'으로 보이는 풍경 하나가 있었다. 세 아이가 학교 갈 때면 로크나트와 인디라는 언제나 대문 밖까지 나와 손을 흔들며 배웅하곤 했다. 로크나트의 손 흔들기는 아이들이 길목을 돌아 보이지 않을 때까지 계속되었고, 인디라는 그 모습을 흐뭇하게 지켜보았다. 매일 아침 아이들이 학교 가는 시간이 되면 어김없이 '바이 바이' 해주는 로크나트 부부. 학교로 향하는 세 아이를 바라보는

189

것이 로크나트 부부에겐 가장 큰 기쁨이자 삶의 원동력인 듯했다. 평화롭고 아름답던 로크나트 가족의 아침 풍경은 우리의 카메라에도, 그리고 우리의 가슴속에도 아주 깊이 새겨졌다.

비록 가진 것은 적지만 말레 마을에서 가장 행복한 집으로 손꼽히는 로크나트 가족. 저녁이면 "아빠 저녁드세요."라고 외치는 막내아들 비제이의 목소리, 아침이면 일찍부터 굴뚝에서 올라오는 하얀 연기… 지금도 로크나트 집을 생각하면 아련하게 떠오르는 이미지가 많다. 저녁을 먹은 후에는 누가 시키지 않아도 아이들은 알아서 공부를 했고, 글을 모르는 부모는 숙제와 공부를 지도할 순 없어도 늘 그 모습을 흐뭇하게 바라보곤 했다. 바라보는 것만으로도 행복을 주는 존재인 아이들은 로크나트 부부의 가장 큰 재산이었고, 엄마아빠의 보살핌을 듬뿍 받고 자란 아이들은 언제나 구김살이 없었다.

우리에게 "How are you?" "I want to go home."이라고 영어로 말하는 큰딸 강가는 영어 공부에 재미를 붙여가고 있었다. 이 정도면 산골 아이치고 제법 영어를 잘 하는 편. 영어까지 잘 쓰는 아이와 네팔어도 못 쓰는 아버지와의 차이는 점점 벌어지겠지만, 그래도 로크나트는 언제나 그랬던 것처럼 아이가 대견하기만 할 것이다.

글
읽
는

아
빠
가

되
기

위
해

글을 모르는 불편함은 상상 이상으로 컸다. 언제나 로크나트를 대신해 모든 일을 처리하고 챙겨주는 헌신적인 아내가 있지만, 마을 사람들을 따라 커피 농사를 짓기 시작하면서 로크나트의 마음은 점점 무거워졌다.

커피나무에서 커피 체리가 하나둘 빨갛게 익어가면서 로크나트 가족들도 첫 수확에 나섰다. 커피 밭에 일하러 가는 로크나트 가족의 모습은 마치 소풍이라도 가듯 경쾌하고 행복해 보였다.

열심히 커피를 따기 시작하는 로크나트 가족. 그런데, 우리의 눈에 덜 여문 커피들까지 따버리는 로크나트의 모습이 포착됐다. 그런 아빠의 모습을 본 막내 역시 손에 잡히는 대로 따버리고, 다른 아이들도 제대로 따고 있는 건지 갈팡질팡 헛갈리기 시작했다. 커피 알맹이는 쌓여갔지만 곳곳에 푸른색의 열매들이 섞여 있었다. 커피는 반드시 완전히

로크나트네가 첫 수확한 커피. 고작 800그램이 전부라 마냥 기뻐할 수만은 없다

빨갛게 익은 것만 따야 했는데, 로크나트는 그것을 알지 못했다. 글을 몰라 제대로 커피 교육을 받지 못하다 보니 로크나트는 오늘처럼 계속 실수를 해왔다.

기쁨이 넘쳐야 할 커피 수확이었지만 로크나트 가족은 마냥 기뻐할 수만은 없었다. 첫 수확으로 얻은 커피 열매는 고작 800그램이 전부였다. 재배하는 커피나무가 45그루인 것에 비하면 수확량도 적고 열매의 질도 좋지 않았다. 이렇게 수확량이 적고 열매의 질이 떨어진 데에는 로크나트의 결정적인 실수가 있었다. 한 달 전, 커피 밭 주변에 자라고 있던 큰 나무들을 베어버린 것이다. 커피는 햇빛을 피해야 하는 작물이고, 그래서 일부러라도 그늘나무를 심어 햇빛을 가려주어야만 좋은 커피 열매를 얻을 수가 있다. 하지만 로크나트는 자연적으로 그늘을 제공하던 나무마저 베어버려 햇빛이 바로 커피나무로 들어오게 만든 것이

열살 선생님,
서른여덟 살
제자

아버지이자 가장인 로크나트는
모든 것이 자신의 탓인 것만 같다

다. 로크나트는 커피를 잘 키우기 위해 나름 신경 써서 한 일이었지만, 그것은 결정적으로 커피나무를 상하게 만들었다.

　수확을 마친 후 집으로 돌아온 로크나트 부부는 줄곧 말이 없었다. 늘 밝던 인디라도 그날만큼은 웃음을 잃고 지쳐 보였다. 로크나트는 로크나트대로 이 모든 상황을 자신의 탓으로 돌렸다. 자신이 글을 모르기 때문에 커피에 대한 지식을 쌓을 기회조차 놓치고 있다는 것을 절감하고 있었기 때문이다.

　커피 농사가 활발해지면서 말레 마을에도 커피 전문가나 커피조합 사람들이 방문해 커피 교육을 하는 기회가 늘었지만, 그때마다 로크나트는 그 자리에 참석하지 않았다. 정확히 말하면 그는 갈 수 없었다. 글을 모르는 그에게 전문가의 교육은 따라가기 힘든 내용이 대부분이었고, 글을 쓸 수도 없으니 다른 사람들처럼 열심히 받아 적을 수도 없는 노릇이었다. 그래서 그는 그런 교육이 있을 때마다 대신 아내를 보내야 했다. 현명하고 자상한 아내는 집으로 돌아와 자신이 배운 것을 로크나트에게 성심껏 전하려 노력했다. 하지만 농사에 대한 지식이 떨어지는 아내 역시 교육의 내용을 다 이해하지 못할 때가 많았고 빼먹는 내용도 많았다. 그래서 그런 교육이 있는 날이면, 로크나트 부부의 얼굴에는 늘 그늘이 드리워졌다.

　아이들만큼은 자신처럼 까막눈으로 만들고 싶지 않은 로크나트. 하지만 그의 바람과는 반대로 결과는 계속 좋지 않았다. 다른 집 커피 열매는 빨갛고 탱탱한데 그의 커피 열매는 거무죽죽한 반점이 생긴 쭉정이 같은 모양이었다. 그런 커피 열매를 보면 그의 마음은 타들어갔다.

195

자신의 무지 때문에 아이들도 제대로 키우지 못하는 것은 아닐까…. 그 커피 쭉정이 모습처럼 내 아이들의 미래도 그런 것은 아닐까…. 우리에게 커피와 아이들에 대한 속내를 꺼내보이던 로크나트의 얼굴은 심각할 정도로 우울해 보였다. 결국, 슬픔이 터져버린 그는 우리와의 인터뷰를 마치기도 전에 눈물을 보이며 집 밖으로 나가버리고 말았다. 무능한 아버지, 글 모르는 무식한 아버지, 그런 자신의 모습이 너무도 원망스러웠던 것이다. 우리가 어떤 말을 해도 그에게 위안이 돼주지 못했다. 그렇게 로크나트는 절망 속에서 가슴 아프게 울고 있었다.

> "저에게는 커피랑 아이랑 둘 다 똑같습니다.
> 아이들을 사랑하는 만큼 커피도 소중합니다."

로크나트의 우울한 첫 수확이 있고 며칠이 지났다. 우리는 한동안 로크나트 집에 가는 것을 자제했다. 로크나트 가족만의 방해받지 않는 시간이 필요한 듯 보였기 때문이다. 그리고 로크나트 가족을 다시 찾았을 때, 우리는 뜻밖의 광경과 마주하게 됐다. 글도 모르는 로크나트가 아들의 공부를 봐주고 있는 것이다.

그런데 자세히 보니, 선생님은 로크나트가 아니라 바로 막내아들 비제이였다. 올해 열 살인 막내 비제이가 아빠의 글 선생님을 자처하고 나선 것이다. 얼굴에 귀여운 웃음을 항상 머금은 비제이는 막내답게 장난을 좋아하는 자타공인 개구쟁이다. 우리가 촬영할 때마다 비제이는 큰소리로 방해를 하거나 흙을 던지며 깔깔대기 일쑤였다. 우리는 그런

열 살 선생님, 서른여덟 살 제자
공부가 한창이다

개구쟁이 비제이에게 '말레 마을 최고의 폭탄'이라는 별명을 지어주었다. 그런데 그런 비제이자 제법 의젓하게 아빠가 쓴 글자를 고쳐주고 있었다. 그리고 아들의 가르침에 따라 로크나트가 어색하게 연필을 잡고 한 글자 한 글자 또박또박 써내려가고 있었다.

며칠 전 실패한 첫 수확 이후 로크나트가 강하게 마음을 먹은 것 같았다. 아마도 로크나트가 다름 아닌 '아버지'이기에, 아이들을 위해 지금이라도 글을 배우려고 결심한 듯했다. 그리고 그는 망설임 없이 말했다. 커피 농사를 잘 짓기 위해 글을 배우려 한다고.

그가 글을 배우리라고는 우리 제작진 중 누구도 예상하지 못했다. 우리 가슴을 가장 뭉클하게 한 장면은, 비제이가 로크나트의 손을 잡고 글자 하나하나를 같이 써내려가는 모습이었다. 비제이의 조그만 손이 일생동안 궂은 일로 험해질 대로 험해진 아버지 로크나트의 손을 잡았고, 함께 잡은 연필로 글씨를 쓰고 있었다. 세상 그 어디에서도 볼 수 없었던 부자의 아름다운 손은 우리에게 큰 감동으로 다가왔다.

> "모임이나 교육에 갈 때마다 옆에 있는 사람들은 다 글씨를
> 보고 읽고 쓰고 할 수 있지만, 저는 그러지 못했습니다.
> 제 이름조차 쓸 수 없어서, 그들 앞에서 부끄러워서
> 지금 이 공부를 시작한 것입니다."

다른 사람도 아닌 자신의 아이, 그것도 가장 어린 막내에게 글을 배운다는 것은 결코 쉬운 결정이 아니었다. 로크나트도 이 순간이 조금은

아이들만큼은 자신처럼 까막눈으로
만들고 싶지 않은 로크나트.
자신의 무지 때문에
아이들을 제대로 키우지 못하는 것은 아닐까.
잘 여물지 않은 커피처럼
내 아이들의 미래도 그런 것은 아닐까.
아이들을 위해 로크나트는
글을 배우기로 했다.

창피하다고 말했다. 하지만 진짜 부끄러운 것은 아이들에게 계속 못 배운 아버지로 남는 것이었다. 평소에는 못 말리는 개구쟁이지만 어느 때보다 참을성을 발휘하는 열 살 선생님 비제이. 그리고 서른여덟 늦깎이 제자 로크나트. 열 살 스승과 서른여덟 살 제자의 도전에 우리 모두 소리 없는 응원을 보냈다.

어쩌면 로크나트가 글을 익히기까지는 아주 오랜 시간이 걸릴 수도 있다. 하지만 우리에겐 그가 꼭 해낼 것이라는 믿음이 있었다. 그의 곁에는 아무리 오랜 시간이 걸려도 변함없이 기다려줄 가족이 있기에, 어떤 일이 있어도 함께 해줄 가족이 있기에 로크나트는 조금 더디어도 반드시 해낼 것이라 우리는 믿었다. 언제나 그래왔듯이 힘겨운 시간조차 로크나트 가족은 웃으며 행복하게 보낼 수 있을 것이다. 그리고 그들의 도전이 결실을 맺을 때, 로크나트의 커피나무는 더 단단한 열매를 맺게 될 것이다.

"글을 다 배우면 커피 농사에 관한 것들을 배우고 싶습니다.
커피에 관한 책도 읽고 싶습니다."

우리가 그곳을 떠나올 때까지도 로크나트 가족은 새로운 커피 묘목을 심을 구덩이를 파지 못했다. 그래도 우리는 걱정하지 않았다.

로크나트 곁에는 글을 모두 배울 때까지 열심히 가르쳐줄 든든한 개구쟁이 선생님과 언제나 정성스럽게 뿌자를 올리는 아내가 함께할 테니까. 그리고 지금도 아침마다 로크나트 집에서는 아이들 학교를 배웅

하는 '바이 바이' 의식을 하고 있을 것이다. 우리는 로크나트에게 글을
다 배우면 우리에게 편지를 써달라고 부탁했었다. 네팔말로 써도 되니
꼭 보내달라고 부탁했고 그는 반드시 편지를 보낼 것이라고 약속했다.
그 편지가 한국으로 날아오는 날, 아마도 그의 커피 밭은 건강하고 빼
곡한 커피 열매로 가득할 것이고, 그 커피 향기가 아이들을 행복한 미
래로 이끌 것이라 믿는다.

비제이 이야기

저는 아빠를 참 좋아합니다.
친구처럼 잘 놀아주시고 의자 같은 것도 뚝딱 만들어내는 재주 많은 아빠는 최고로 멋집니다.
그래서 아빠에게 글을 가르쳐주기로 했습니다.
아빠는 왜 글을 모르시는지 알 수 없지만
그래도 아빠가 꼭 배우고 싶다고 하시니까 도와주고 싶습니다.
물론 어려운 점도 있습니다. 아빠와 저녁에 공부하다 보니 너무 너무 졸릴 때도 많습니다.
어쩔 때는 아빠도 졸린 것 같습니다. 그래도 꼭 참고 아빠가 잘 따라하실 때까지 기다려줄 겁니다.
아빠는 선생님 말도 잘 듣고 열심히 공부하는 좋은 학생이니까요.

로크나트 이야기

우리 장난꾸러기 막내가 이렇게 진지한 적이 있었을까요.
평소에는 한없이 철없는 응석받이 막내 같더니 수업 시간에는 제법 선생님 같기도 합니다.
어려운 글자도 척척 써내려가는 아들 앞에서
삐뚤빼뚤 그림을 그리려니 조금은 창피하기도 합니다.
이상하게 책만 들여다보고 있으면 자꾸만 눈꺼풀이 내려오기도 합니다.
다행히 비제이도 조느라 눈치 채지 못한 것 같습니다.
공부라는 것이 쉽지 않지만 그래도 어린 선생님 말을 잘 들어보려 합니다.
커피를 위해, 우리 가족을 위해 꼭 글 읽는 아빠가 돼야 하니까요.

6
―

커피는
내 운명

Himalayas Coffee Road

이쏘리
수바커르
열혈
커피 농부

커피에 대한 열정으로 똘똘 뭉친
이쏘리와 수바커르.
어떻게 하면 커피 농사를 더 잘 지을 수 있을까.
어떻게 하면 더 건강하고 깨끗한 커피를
수확할 수 있을까.
열혈 농부의 가슴과 머리는 늘 커피로 가득하다.

특별한 손님

1월 1일, 새해가 밝았다. 새해 첫날을 머나먼 타국에서 보내야 했던 우리는 쉽지 않은 촬영 일정으로 많이 지쳐 있었다. 그러나 마을 사람들의 도움 덕분에 그런 감정들은 큰 문제가 되지 않고 사그라지곤 했다. 마을 사람들은 우리에게 무척 친절하게 대해주었고, 이제는 촬영 협조가 알아서 척척 되었다. 우리의 촬영 일정이 곧 마을의 스케줄이 되곤 했다. 오늘은 다슈람 집으로 촬영하러 간다더라, 내일은 꼭대기 집 간다더라, 마을 사람들은 우리의 일거수일투족에 관심을 보였다. 그도 그럴 것이, 말레 마을이 생긴 이래 외지 사람들이 이렇게 오래 머문 것은 처음 있는 일이라고 했다. 더군다나 우리는 먼 외국에서 온 사람들이어서 우리에 대한 그들의 관심은 정말 지대했다. 그들의 관심과 도움은 우리를 지치지 않게 해주는 에너지가 되어주었다. 그렇게 맞이한 1월 1일 신년 새해는 우리에게도 뜻 깊은 날이었다. 말레 마을 사

한 해 농사에 감사하고, 새로이 시작되는 올 한 해 농사의 풍년을 기원하는 말레 마을 사람들

람들은 신년 행사 때문에 분주했다. 그들은 매년 1월 1일이 되면 '신년 뿌자'를 준비한다.

새해에 이뤄지는 뿌자는 한 해 농사를 무사히 마치게 해준 신께 감사하고, 올 한 해 농사의 풍년을 기원하는 의식이다. 쌀이며 옥수수 같은 모든 농작물들을 병충해로부터 지켜주기를, 물난리나 가뭄 없이 농사가 잘 이루어지기를, 건강하고 풍요로운 결실을 맺을 수 있기를 신께 기도한다. 일종의 추수감사절인 셈이자, 마을의 안녕을 비는 말레 마을 사람들만의 의식이었다. 우리의 추석 명절과도 비슷한 느낌이 들어 친숙하게 다가왔다. 신년 뿌자가 우리의 명절과 다른 점이라면 집집마다 준비하는 것이 아닌 마을 사람들 모두가 모여 함께 준비하고 지낸다는 것이다.

1월 1일, 새벽부터 마을 입구 신전 앞이 분주해졌다. 말레 마을 사람

말레 마을 특별식
라이스 도넛과 라이스 푸딩

들이 몇 해 전 돈을 모아 만들었다는 조그만 신전 앞에는 마을 사람들 모두가 모여 있었다. 여자들은 팔을 걷어붙이고 음식 준비에 나섰다. 음식을 미리 만들어 오지 않은 까닭은 신성한 의식을 위해 방금 만든 음식을 올리기 위해서라고 했다. 신년 뿌자 때마다 빼놓지 않고 만드는 특별한 음식은 '라이스 푸딩'과 '라이스 도넛'이었다. 특히 그중에서도 우리의 눈길을 끈 것은 밥에 우유와 설탕을 넣어 죽처럼 끓이는 라이스 푸딩이었다. 냄비 가득 끓고 있는 라이스 푸딩이 계속 흘러넘치는데도 모두가 그냥 내버려두었다. 혹, 양 조절을 제대로 하지 못해서 그런 게 아닌가 걱정스럽게 바라보았더니 다 이유가 있다고 설명해주었다. 음식이 넘친다는 것은 신이 먹는 것을 의미했고, 기뻐하는 신에게 우리의 정성을 바친다는 뜻으로 음식을 넘치도록 끓인다고 했다. 그것이 말레 마을의 전통이었다.

음식 만드는 과정 하나까지도 세심하게 정성을 기울이는 마을 사람들은 뿌자를 지낼 때면 그릇 하나도 예사로 쓰지 않는다. '떠뻐리'라 불리는 나뭇잎 그릇이 뿌자에 사용되는 그릇. 나뭇잎 그릇을 신성하게 여기기 때문에 뿌자를 하기 며칠 전부터 마을 여자들은 산에서 나뭇잎을 따 오고 밤마다 모여 떠뻐리를 만든다.

여자들의 음식 준비가 끝나자 남자들이 주축이 되어 뿌자 의식이 시작되었다. 마을의 어른인 나렌 판데가 기도를 이끌었고, 정성스레 완성한 라이스 푸딩, 라이드 도넛, 로띠, 볍씨를 볶아 만든 '라과' 등의 음식과 사람들이 조금씩 모은 돈을 제단에 올렸다. 다음은 모두가 신전 앞에서 기도를 드리는 차례. 마을 사람들 모두가 가장 경건하고 가장 정성스런 마음을 담아 기도를 올린다. 특히 이번 신년 뿌자의 의미가 각별한 이유, 풍년을 비는 그 주인공이 올해부터는 바로 커피가 됐기 때문이다.

> "이전에는 옥수수 농사, 쌀 농사가 잘 되게
> 해달라고 기원했었는데, 이제는 커피 농사가
> 성공적으로 잘 되게 해달라고 기원하고 있어요."

말레 마을 사람들에게 커피란 어떤 의미일까. 우리가 그렇게 질문하면 마을 사람들은 머뭇머뭇, 그에 대한 대답을 명쾌하게 하지 못했다. 커피 농사를 직접 지어왔지만 커피가 어떤 용도로 쓰이는지조차 몰랐던 사람들. 시음회를 하고, 직접 커피를 만들어 먹으면서 커피는 점점 말레 마을 사람들의 삶 속으로 가까이 다가왔다. 우리가 빠르게 변화하는 세상에 적응하고자 노력하는 것처럼, 그들에게 커피는 적응하고 익혀야 할 삶의 과제였다. 마을의 운명을 결정지을 수 있을 정도로 그들에게 커피가 중요한 의미로 자리 잡아가는 과정, 우리는 그 현장을 지켜보는 증인이 된 것이다. 촬영을 하면서 우리는 그들의 생활이나 생각에 영향을 주지 않으려고 했다. 그들이 변화하면 변화하는 대로, 실수하면 실수하는 대로 그대로 카메라에 담으려고 노력했다. 시간이 지날수록 차츰 마을 사람들에게 커피는 '알고 싶고 배우고 싶은' 연구의 대상이 되어갔다.

풍년 뿌자가 있던 새해 첫날, 말레 마을에는 아주 특별한 손님이 찾

뿌자나 결혼식 등 말레 마을의 신성한 의식이 있을 때면 만들어 사용하는 나뭇잎 그릇 떠뻐리

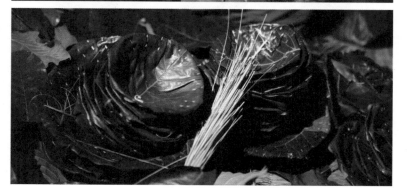

커피 전문가의 방문은
말레 마을 사람들에겐 단비와도 같은 소식이다

아왔다. 바로 커피 전문가 자나르잔이 방문한 것이다. 그는 대학까지 나온 엘리트로 네팔을 통틀어 몇 손가락 안에 꼽히는 커피 전문가였다. 그가 말레 마을을 방문하는 것만으로도 마을 사람들은 상당히 흥분했다. 학교도 제대로 나오지 못한 말레 마을 농부들에게 커피를 제대로 공부한 전문가의 방문은 단비와도 같은 소식이었다.

사실 그 이전까지 말레 마을 사람들에게는 특별한 커피 재배법이 없었다. 데브라스가 유기농 농약 제조법 같은 것을 커피조합에서 배워 오기는 했지만, 다른 커피 농부들은 정확한 재배법부터 수확, 가공까지 체계적인 지식을 쌓을 기회가 없었다. 커피나무는 별다른 신경을 쓰지 않아도 천혜의 커피 재배지인 말레 마을에서 잘 자라주었고, 그러다 보니 어림짐작으로 커피를 키우게 된 악재로 작용하기도 했다. 체계적인 방법이 없으니 커피나무는 무성하게 자라기 일쑤였고, 커피 구덩이를 파고 묘목을 심고 보살필 때도 농부들은 제각기 다른 방법을 사용했다.

커피 전문가가 마을 입구에 들어서자 삽시간에 마을 주민들이 모여들었다. 둘씨람 집 마당에 옹기종기 모여 앉은 마을 사람들은 커피 전문가에게 엄청난 질문 공세를 퍼부었다. 자나르잔은 커피 재배와 관련한 전반적인 이론 교육에 이어 몇몇 밭을 직접 방문해 시범을 보이기도 했다. 전문가의 교육 중에서 말레 마을 농부들에게 가장 실질적인 도움이 된 것은 묘목 심는 방법이었다. 묘목을 심을 구덩이 크기뿐만 아니라 구덩이 사이의 간격, 거름을 넣는 순서를 세세히 알려주었고, 사람들은 그동안 왜 실패했었는지 그 이유를 정확하게 알게 되었다.

그 교육 시간 동안 가장 눈을 빛내며 열심이었던 사람은 이쏘리였다.

산사태로 애지중지 돌보던 커피 밭을 송두리째 잃고, 살아남은 한 그루의 '희망의 나무'에 의지해 다시 힘을 낸 이쏘리에게 커피 전문가의 방문은 어떤 위로보다 반가운 일이었다. 사실 이쏘리는 이번 교육 시간에 전문가로부터 꼭 확인받고 싶은 것이 있었다. 자신이 그동안 해온 방법이 제대로 된 것인지, 그리고 자신이 개발한 새로운 유기농법이 효과가 있는 것인지 검증받고 싶었다.

이쏘리식 유기농법은 먼저, 커피 묘목을 심을 구덩이를 판 후 불을 지펴 해충이나 나쁜 성분을 없앤다. 이것은 예전에 누군가 알려준 방법이었고, 이쏘리는 구덩이마다 성실하게 불을 지폈다. 그다음은 그 안에 유기농 비료, 약초 번마라, 양분이 풍부한 숲속 흙을 섞어서 채워 넣는 것이다. 이것은 이쏘리가 혼자 개발한 새로운 방법이었다.

과연, 이쏘리가 지금까지 해온 방식은 제대로 된 것이었을까? 이쏘리가 개발한 유기농법은 전문가의 인정을 받을 수 있을까? 우리 제작진 역시 커피 농사에 대한 전문 지식이 없었으므로, 이쏘리가 마을 사람들에게 소개하고 전파한 그 유기농법이 제대로 된 것이었는지 궁금했다. 그리고 드디어 현장 점검에 나선 전문가가 이쏘리의 커피 밭을 찾았다.

그런데, 이쏘리의 밭 커피 구덩이를 보자마자 전문가 자나르잔은 고개를 절레절레 흔들었다. 커피 구덩이의 크기가 너무 크다는 것이다. "40센티만 하면 되는 걸 120센티나 팠어요." 게다가 구덩이 사이의 간격도 일정하지 않다는 지적이 이어졌다. "이렇게 너무 크게 파면 힘만 들고 커피나무에게도 좋지 않습니다." 그가 너무 딱 잘라 말했기 때문에 순간 이쏘리의 얼굴은 충격으로 굳어졌다. 마을 사람들이 웅성대기

구덩이 파는 일 하나에도 전문가의 조언은
약이 되고 힘이 된다

언제나 긍정적이고 희망의 끈을 놓지 않는 학구파 열혈 농부 이쏘리

시작했다. 이쏘리는 구덩이를 크게 파는 것만큼은 정말 자신 있었고, 심지어 열네살 소년 농부 수바커르에게 그 공법을 전수하기도 했다. 그런데 이 모든 것이 헛수고였다니! 결론은 처음부터 다시 파야 한다는 것이었다. 게다가 구덩이에 불을 피웠다는 설명을 들은 전문가는 더욱 크게 고개를 흔들어대며 열변을 토했다. 불을 피우면 그 구덩이에 있던 이로운 미생물까지 모두 죽어버리기 때문에 절대 해서는 안 되는 방법이라고 강조했다.

그동안 이쏘리가 흘린 시간과 노력이 헛수고로 돌아가는 순간이었다. 옆에서 지켜보던 우리는 무척 당황스러웠다. 이쏘리가 그동안 얼마나 많은 시간과 노력을 들여 커피 농법에 매달렸는지, 자신이 만들어낸 유기농법에 얼마나 자신이 있었는지, 우리가 누구보다도 잘 알고 있었다. 그리고 이쏘리는 그 유기농법을 마을 사람들에게 자신 있게 가르쳐 주기도 했다. 그런데 이제 보니 잘못된 방법이라니…. 하지만 다행스럽게도 이쏘리의 방법이 모두 잘못된 것만은 아니었다. 천연 비료를 만드는 방법이나 유기농 농약은 커피 전문가의 찬사를 받았다. 특히 번마라를 이용해서 구덩이에 영양분을 준 방법은 전문가에게 대단하다는 평을 들었다. 오직 구덩이가 컸다는 것과 불을 질러 구덩이를 살균하려 했다는 것이 잘못됐다고 지적했다. 이쏘리는 자신에 대한 실망감뿐만 아니라 마을 사람들에게 조롱거리가 될 것이라고 생각해서 무척 당황하는 기색이었다.

하지만 학구파 열혈 농부 이쏘리가 누구인가! 한 그루의 희망의 나무에도 감사할 줄 아는 이쏘리였다. 이쏘리는 전문가의 평가에 대해 '절반의 성공'이라고 말했다. 절반밖에 성공하지 못한 것이 아니라 절반씩이나 성공했으니 다시 힘을 낼 수 있다고 했다. 이쏘리의 삶의 방식은 언제나 그랬다. 첫 번째에 실패했다면 두 번째, 세 번째에 성공하면 된다고 생각했다. 포기하지 않으면 결국 언젠가는 이룰 수 있다고 믿었다. 아마 지금 이 순간에도 이쏘리는 커피 밭 어딘가에서 자신이 개발한 또 다른 재배법을 시험해보고 있을 것이라 우리는 확신할 수 있다.

산사태가 휩쓸어간 그 자리에 다시 커피나무를 심었던 말레 마을 열혈 농부 이쏘리 판데. 어떻게 하면 그렇게 지치지도 않고 커피 공부를 계속할 수 있냐는 우리의 질문에 이쏘리는 대답했다.

"희망을 잃어서는 안 되잖아요."

　교육의 가장 큰 힘, 그것은 변화를 불러온다는 것이다. 커피 전문가가 다녀간 후, 말레 마을에도 변화의 기운이 감돌기 시작했다. 마을 사람들이 커피나무를 보는 눈이 달라졌다. 그리고 마을 사람들이 삼삼오오 모이면 이내 커피 이야기가 대화의 중심이 되었다. 네팔어를 제대로 모르는 우리는 '커피'를 읊어대며 열심히 대화를 나누는 그들을 보며 커피에 대한 그들의 관심이 얼마나 지대한지 느낄 수 있었다. 그들은 커피에 대해 조금씩 눈떠가며 더 좋은 커피를 더 많이 키우고 싶다는 의지를 함께 키워가고 있었다. 무엇보다 큰 변화는 커피야말로 말레 마을의 미래가 될 수 있다고 확신을 갖기 시작한 것이었다. 그리고 그 변화에 결정적으로 불을 붙인 놀라운 사건이 벌어졌다.

　산중턱에 있는 말레 마을이 아랫마을이라면 산꼭대기에는 윗마을로 불리는 바로 인접한 마을이 있었다. 말레 마을이 햇빛도 잘 들지 않고

말레 마을 사람들은 커피에 대해 알면 알수록 더 좋은 커피를 재배하고 싶다는 의지를 키워갔다

경사도 심한 데 반해 윗마을은 햇빛이 잘 드는 평지였고 주민 숫자도 말레 마을의 몇 배가 될 만큼 큰 마을이었다. 그 마을은 농작물도 잘 자라고 작은 슈퍼나 문구점도 있어 말레 마을에 비하면 살기 좋은 마을이었다. 농작물도 잘 자라다 보니 윗마을 사람들은 말레 마을에 비해 현금이 비교적 넉넉한 편이었다. 그런데 말레 마을의 커피가 조금씩 알려지면서 윗마을에서도 커피에 관심을 갖기 시작했다. 이른바 커피가 반전을 가져온 것이다. 못 살던 말레 마을이 커피로 돈을 번다는 소문이 윗마을에 퍼지자 이제 이 양쪽 마을의 주된 관심사는 모두 '커피'가 되었다.

어느 날, 윗마을과 아랫마을 농부들이 모여 커피 농사에 대해 논의하는 모임을 가졌다. 윗마을하고 거의 왕래가 없었던 말레 마을 사람들에게는 매우 이례적인 일이었다. 이렇게 모인 이유는 바로 커피 묘목 때

221

문이었다.

커피 재배량을 늘리기 위해서 가장 먼저 해야 할 일은 커피 묘목을 심는 것이다. 대부분의 커피 농가들은 직접 씨를 뿌려 기르기보다는 묘목장에서 어린 묘목을 기르다가 어느 정도 자라면 밭에 심는 방법을 택했다. 때문에 커피가 주 수입원이 되기 위해서는 무엇보다 많은 묘목을 길러서 밭에 심어야 했다. 묘목을 심은 후에도 3년 정도 지나야 수확이 가능했기 때문에 하루라도 빨리 많은 묘목을 심어야 했다.

이런 상황을 파악한 윗마을 사람들은 묘목 구입을 서두르고 있었다. 이날 윗마을, 아랫마을 모임은 묘목을 함께 구매하면 좀 더 싸게 살 수 있다는 '공동구매'를 진행하기 위함이었다. 그래서 각자 구입할 커피 묘목 숫자를 말하면, '누구네 몇 그루' 하는 식으로 적어나갔다. 말레 마을보다 여유가 있는 윗마을 농부들은 저마다 몇 백 그루씩 당당하게 이야기했다. 종이와 연필을 든 진행자가 열심히 농부들이 원하는 커피 묘목 숫자를 받아 적었다. 윗마을 농부들이 꿈에 부풀어 커피 묘목을 구입하려 웅성댈 동안 말레 마을 농부들은 도통 말이 없었다. 그들에게는 커피 묘목을 구입할 만한 돈이 없었다. 마치 졸업앨범을 구입하려 너도나도 학급에서 돈을 내는데 그 돈을 낼 수 없는 가난한 학생들 같아 보였다. 드디어 말레 마을 농부인 이쏘리에게도 종이와 연필을 든 진행자가 다가왔다. 이쏘리는 "아직 잘 모르겠어요. 다른 사람 먼저 물어보세요."라고 짤막하게 대답했다. 이쏘리뿐만이 아니었다. 다른 말레 마을 농부들 중에서 커피 묘목을 신청할 수 있는 사람은 아무도 없었다. 그렇게 모임은 끝나버렸고 말레 마을 사람들은 낙심한 채 마을로 돌아갔

커피 묘목 공동구매를 위해 윗마을, 아랫마을 커피 농부들이 모였다

다. 묘목 구입의 필요성은 누구보다도 말레 마을 농부들이 잘 알고 있었지만 그들을 막고 있는 현실의 벽은 너무나 높았다. 그나마 넉넉한 편인 데브라스와 둘씨람도 선뜻 나설 수 없을 만큼 이 말레 마을은 지독하게 가난했다.

그날 밤, 보름달이 휘영청 밝았다. 그 달 밝은 밤, 둘씨람의 마당에서 모닥불을 피워놓고 말레 마을의 커피왕 브라더스인 데브라스, 둘씨람, 이쏘리 삼형제가 심각한 얼굴로 모여 앉았다. 낮에 벌어진 윗마을 농부들과의 모임을 계기로 다시 한 번 말레 마을의 미래에 대한 심각한 고

223

민에 빠졌다. 한 그루의 커피 묘목도 신청하지 못한 충격적이고 안타까운 일이었다. 커피왕 브라더스 사이에서 열띤 이야기들이 오갔지만 결론은 같았다. 더 이상 젊은이들이 돈을 벌기 위해 타지에서 고생하는 일이 없어야 한다는 것. 더 이상 가족들이 생이별을 하지 않아야 하며 함께 모여 살아야 한다는 것. 자라나는 아이들의 교육을 위해서는 안정적이고 장기적인 수입원이 마을에 꼭 필요하다는 것. 그리고, 그 모든 것을 해결해줄 수 있는 열쇠가 바로 커피라는 것이었다. 이미 히말라야의 대자연은 말레 마을에게 커피가 자랄 수 있는 최적의 환경을 선사해주었다. 이제 남은 것은 인간의 몫. 말레 마을이 진정한 커피 마을로 거

듭나는 일은 이들 커피 농부들 손에 달렸다. 전문적인 커피 재배지가
되기 위해 꼭 필요한 새로운 묘목. 과연, 그 관문을 어떻게 극복해야 할
것인가. 그 해답을 찾지 못한 채 커피왕 브라더스의 모닥불 회의는 늦
은 시간까지 계속됐다.

그로부터 얼마 후, 말레 마을 사람들에게 뜻밖의 소식이 전해졌다.
말레 마을에 커피 묘목 3천 그루를 지원하겠다는 의사가 전해진 것이
다. 지원자는 한국의 공정무역 단체 '아름다운커피'. 아름다운커피는 한
국의 비영리 단체 아름다운가게의 공정무역사업부로, 굴미커피협동조

합을 통해 네팔 커피를 수입하고 있는 공정무역 단체다. 말레 마을의 안타까운 사연을 굴미커피조합을 통해 들은 '아름다운커피'는 커피 농가 지원 사업을 계획했고 묘목을 지원하기로 결정했다. 우리는 이 소식을 굴미커피조합의 직원을 통해 들을 수 있었다. 이른 아침, 마을에 이 소식을 가지고 들어온 조합 직원 프라카스는 마을 사람들을 모았다. 그리고 유기농 커피를 만들겠다는 마을 사람들의 의지를 확인하고 서류에 사인을 받았다. 이 서류는 앞으로 화학 비료를 전혀 사용하지 않고 오로지 유기농으로만 커피를 생산하겠다는 말레 마을 커피 농부들의 의지를 확인하는 과정이었다. 떨리는 손으로 서류를 받아 들고 사인을 하는 이쏘리를 보며 우리의 가슴도 벅차올랐다. 말레 마을이 생긴 이래 가장 행복한 날이라며 환하게 웃음 짓는 이쏘리. 가난한 과부나 남편이 외지로 일하러 가고 없는 가정에게 먼저 묘목을 나누어주자고 말하는 데브라스. 그들을 보며 우리도 마치 말레 주민이 된 것 같은 행복한 기쁨을 함께 나누었다.

공정무역(Fair Trade)은 저개발국 생산자에게 정당한 몫, 공정한 대가가 돌아가도록 한다는 목적 아래 펼쳐지고 있는 운동이다. 특히, '아름다운커피'는 커피가 현지 노동력을 헐값에 착취해 생산한다는 오명에서 벗어나, 저개발국의 농부들에게 새로운 희망이 될 수 있도록 몇 가지 공정무역 원칙 아래 커피를 생산하고 수입하는 곳이다.

그 원칙 중 하나는 생산지의 환경을 그대로 보존해야 한다는 것. 커피가 목화, 담배와 함께 농약 사용량이 가장 많은 3대 작물 중 하나라는 사실을 아는 사람은 많지 않다. 그렇기에 농약이나 화학 비료를 사용하지 않고 친환경 유기농 재배법을 통해 인간뿐만 아니라 생태계를 보호해야 한다는 원칙을 가장 중요하게 지켜왔다. 그 원칙을 지켜가기에 말레 마을은 더 없이 적합한 커피 생산지였다. 자연을 거스르지 않고 자연과 더불어 사는 법을 몸으로 터득한 말레 마을 사람들. 누가 시키지 않아도 오직 자연에서 모든 것을 일구어온 이들은, 커피 역시 철저하게 자연의 힘으로만 키워왔다. 그리고 끊임없이 자신들만의 유기농법을 고민하고 발전시켜온 사람들. 그런 말레 마을의 노력과 열정이 커피조합을 통해 한국으로 전해지면서 묘목 지원이 결정된 것이다. 앞으로 이들은 까다롭기로 정평이 나 있는 국제 유기농 인증도 받아야 한다. 그러기 위해서는 재배 과정 하나하나 철저하게 유기농법을 따라야 한다. 하지만, 그 부분만큼은 우리가 전혀 걱정할 일이 아니었다. 우리가 그동안 지켜본 말레 마을 커피 농부들은 언제나 그래왔던 것처럼, 삶 그 자체가 유기농이었기 때문이다. 더 질 좋은 커피, 더 깨끗한 커피를 키워내겠다는 말레 마을 사람들의 꿈. 그 꿈이 마침내 새로운 묘목으로 날개를 달게 되었다.

커피는
내
운명

3 천 그루의 희망

묘목 지원이 확정되었다는 소식을 듣고 흥분했던 마을 사람들은 곧 마음이 바빠지기 시작했다. 묘목이 들어오기 전에 새 묘목들이 둥지를 틀 묘목장을 서둘러 만들어야 했기 때문이다. 커피 묘목은 밭에 심기 전에 묘목장에서 흙에 단련되는 시간을 가져야 한다. 곧바로 밭에 심으면 적응하지 못하고 죽어버리기 쉽다. 그동안 말레 마을에는 묘목장이 없었다. 그래서 어느 정도 흙에 적응시켜 놓은 정부 묘목장에서 묘목을 사 와서 밭에 심어왔던 말레 마을 사람들에게 묘목장 만들기는 새로운 도전이었다. 커피조합 직원이 다녀간 다음날부터 마을 사람들은 묘목장 만들기 프로젝트를 논의하기 위해 여러 차례 모임을 가졌다. 우선 묘목장을 지을 땅이 필요했다. 아무리 네팔 산골 마을이라고 해도 다른 곳과 마찬가지로 땅에는 다 소유주가 있었고 땅문서도 있었다. 그러니 마을 묘목장을 만들기 위해서는 누군가의 땅이 필요했다. 우리는 마을

생산자에게 정당한 몫, 공정한 대가가 돌아가도록 하는 공정무역이 선사한 희망의 묘목

농부들이 이 집 저 집에 모여서 논쟁을 벌이는 모습을 자주 볼 수 있었다. 며칠이 지나고 우리는 나렌 판데가 자신의 땅 일부를 마을 공동 커피 묘목장으로 기증한다는 소식을 들었다.

나렌 판데는 이 마을의 최고 어른. 하지만 아들 다슈람 판데의 힘들었던 어린 시절 이야기를 들었던 우리는 나렌 판데에게 큰 호감을 가질 수 없었다. 아무리 공정한 마음으로 사람을 대하려 해도, 우리가 다슈람 가족을 좋아할수록 나렌 판데가 불편해지는 건 어쩔 수 없었다. 하지만 마을을 위해 자신의 땅을 기증한다는 소식은 그를 다시 보는 계기가 되었다. 산골 마을에서 땅은 가장 중요한 재산이다. 마을에서 아주 넉넉한 편도 아닌 나렌 판데가 마을 사람들을 위해 선뜻 자신의 땅을 기증한다는 것은 마을 어른으로서 크게 마음을 낸 것이었다.

나렌 판데가 기증한 땅에 만들어질 묘목장의 형태는 마을 사람들 모두가 함께 만들고 돌보는 공동 묘목장으로 결정됐다. 하지만 문제는 말레 마을 사람 중 그 누구도 묘목장이 어떻게 생겼는지 제대로 알지 못한다는 사실이었다. 결국 마을 대표단이 꾸려져 압소르에 있는 정부 묘목장을 방문하기로 했다.

묘목장을 견학하기로 한 날, 우리는 마을 사람들과 함께 떠날 채비를 했다. 우리도 마을 안에서만 지내다 보니 마을 밖으로 나갈 일이 거의 없었다. 겨우 두어 달이 지났을 뿐인데도 마을 밖을 나가는 일이 우리에게도 마치 소풍 가는 것처럼 설레었다. 우리가 이 정도이니 마을 사람들은 우리보다 더할 거라고 생각은 하고 있었지만, 압소르에 갈 채비를 마친 마을 농부들을 보고 깜짝 놀랐다. 늘 밭에서 살다시피 한 이쏘리가 말끔한 옷차림, 그것도 고이고이 모셔두었던 단벌 회색 양복을 곱게 차려입고 나타난 것이다. 더군다나 양복이 작아서인지 바지도 짧고 윗도리도 꽉 조였지만, 이쏘리의 설레는 마음은 충분히 헤아릴 수 있었다. 이쏘리뿐만 아니라 마을 사람들 차림이 모두 달랐다. 열네 살 소년 농부 수바커르는 아끼던 청바지를 입고 운동화를 꺼내 신고 따라 나섰다. 늘 허름한 작업복과 맨발에 슬리퍼였던 마을 사람들이 이날은 모두 가장 좋은 옷을 골라 입고 양말과 운동화를 챙겨 신고 모였다.

말레 마을 사람들에게 커피란 어떤 존재일까. 이들의 옷차림만으로도 우리는 그 대답을 들은 것만 같았다. 압소르까지 가는 길은 만만치 않았다. 덜컹거리는 산길을 돌고 돌아서 여섯 시간 동안 차로 이동해야

한껏 차려입은 말레 마을 농부들이 정부 관계자로부터 묘목 가꾸는 방법을 듣고 있다

했다. 이른 새벽에 출발해 점심때가 다 되어서야 우리와 농부들은 간신히 정부 커피 묘목장에 도착했다. 긴 여정으로 피곤할 법도 한데 차에서 내린 말레 마을 사람들의 표정은 설렘으로 가득했다. 정부 묘목장에는 플라스틱 차광막과 비닐 울타리가 둘러쳐 있었다. 그리고 그 안에는 작고 예쁜 커피 묘목들이 자라고 있었다. 그곳을 관리하는 정부 관계자는 햇빛을 잘 차단하고 물을 충분히 자주 주어야 한다고 강조했다. 그의 설명을 듣는 동안 특히 이쏘리와 수바커르는 눈을 빛내며 부지런히 받아 적었다.

마을 사람들에게 너무나 귀중한 시간이었던 묘목장 방문. 돌아오는 길에 우리의 눈길을 끈 모습이 있었다. 분명 묘목장에 들어갈 때는 빈손이었던 마을 사람들이 그곳에서 나올 때는 어깨에 무엇인가를 하나씩 메고 나오는 것이었다. 그것은 커피에게 좋은 그늘나무 가지였다. 묘목장 한 구석에 쌓여 있던 그늘나무를 발견한 이쏘리는 정부 관계자에게 허락을 구했고 그들은 흔쾌히 그늘나무를 마을 사람들에게 나누어주었다. 이 나무를 마을로 가져가 심으면 큰 나무로 자랄 것이고, 햇빛을 피해야 하는 커피나무를 위한 천연 차광막이 될 것이라며 마을 사람들 모두 좋아했다.

"나뭇잎이 얇아서 떨어지면 빨리 거름이 될 것 같아요. 가축들에게 먹이로 줘도 좋잖아요. 돌아가면 묘목장 근처에 바로 심어야겠어요."

나뭇가지 하나에도 신바람 난 이쏘리. 우리가 보았던 모습 중 가장 근사했던 이쏘리. 그날의 옷차림만큼이나 이쏘리는 활기로 가득한 빛나는 모습이었다.

　설레는 묘목장 견학을 마치고 며칠 후, 다시 한 번 말레 마을에 역사적인 사건이 벌어지기 시작했다. 말레 마을의 첫 묘목장 만들기. 아침 일찍 마을 사람들 모두가 나렌 판데가 기증한 밭으로 모였다. 학교에 간 아이들을 제외하고 노인부터 여인들까지 일을 할 수 있는 사람이라면 모두가 모였다. 미나도, 수바커르의 엄마도 아이들을 학교에 보내자마자 서둘러 왔고, 라디가도 어린 뿌자를 이웃에 맡겨놓고 나왔다.

　하지만 우리가 보기에는 아무 준비도 없이 오직 사람들만 모여 있는 것처럼 보였다. 묘목장을 만들 설계도 장비도 없었다. 우리는 몇 번

233

이고 정말 여기에 묘목장을 만들 것인지, 어떻게 만들 것인지 물어봤지만 그들의 대답은 그저 '우리는 이곳에 묘목장을 만든다'는 것뿐이었다. '어떻게'에 대한 설명은 전혀 없었다. 우리는 적잖이 당황할 수밖에 없었다. 다큐를 만들기 위해서는 사전 정보가 무척 중요하고, 정보를 바탕으로 무엇을 어떻게 찍을 것인지를 결정해야 촬영할 수 있다. 하지만 그날 그곳에 모인 많은 마을 사람들을 어떻게 찍어야 하는지 도무지 답이 나오지 않았다. 그렇게 우리가 허둥대고 있는 사이 여자들은 숲속으로 사라졌고, 잠시 후 자신들이 가져올 수 있는 최대한의 나무와 이파리를 짊어지고 나타났다. 남자들은 커피왕 브라더스의 지휘에 따라 대나무를 베어 기둥을 세우고 울타리를 치기 시작했다.

조금씩 형태를 갖춰가는 묘목장. 비록 압소르에서 보았던 묘목장과는 많이 달랐지만, 시간이 지날수록 우리의 걱정과 의구심이 쓸데없는 걱정이었음을 알게 되었다. 플라스틱 차광막과 비닐 울타리 대신, 대나무로 둘러진 울타리와 커다란 이파리들로 만들어진 천연 차광막. 비록 모양새는 세련되지 못했어도 말레 마을 사람들의 1호 묘목장이 완성되고 있었다. 그것도 너무나 근사한 모습으로. 그때서야 안심이 된 우리는 별다른 계획 없이 그들이 하는 그대로의 모습을 카메라에 담기 시작했다. 그들을 완전히 믿고 그들이 하는 그대로를 따라가면 되는구나, 새삼 안심이 되었다. 하나에서부터 열까지 모두 말레 마을의 자연으로만 완성된 말레 마을표 묘목장. 말레 마을 사람들을 닮은 '착한' 묘목장이 마침내 완성되었다.

하나에서부터 열까지 모두
말레 마을의 자연으로만 완성된 착한 묘목장

말레 마을 사람들이 그토록 기다리던 3천 그루의 희망, 커피 묘목이 도착했다

묘목장이 완성되고 이틀 후. 막 어둠이 물러간 이른 새벽, 마을 사람들이 바구니를 둘러메고 산 위로 향하고 있었다. 아직 하루를 시작하기엔 너무 이른 시간이었지만 모두들 발걸음을 서두르고 있었다. 아침에 일어나 반드시 찌아를 마시며 하루를 시작하는 그들이었는데, 그 찌아도 마시지 않고 이른 새벽부터 총출동을 한 것이다. 마을 사람들 모두가 그토록 기다렸던 반가운 손님을 맞이하기 위해서다.

마을 사람들이 산 위에 위치한 큰길가에 도착하자, 저 멀리서 트럭이 보이기 시작했다. 그 트럭에는 마을 사람들이 그토록 열망하던 커피 묘목이 실려 있었다. 마침내 모습을 드러낸 3천 그루의 커피 묘목. 말레마을 사람들 모두에게 꼭 필요했지만 어려운 형편에 차마 구입할 엄두조차 내지 못했던 커피 묘목들. 그 묘목들이 마침내 말레 마을에 도착한 것이다.

묘목이 지원된다는 소식을 들었을 때도, 묘목장을 만들면서도, 정말 묘목이 올까 노심초사했던 마을 사람들은 묘목들을 직접 보고 만져보고 나서야 실감이 난 듯 얼굴에 환한 웃음이 번지기 시작했다. 벅차오르는 기쁨에 입이 다물어지지 않는 사람들, 누군가는 덩실덩실 춤을 추며 노래를 부르기 시작했다.

귀한 커피 묘목들은 마을 사람들의 바구니에 조심스럽게 옮겨졌다. 마을까지 차가 들어올 수 없어 직접 묘목을 짊어지고 운반해야 했다. 묘목에 흙 무게까지 더해져 성인 남자도 다리가 후들거릴 정도로 무거웠지만, 매일 한가득 풀 짐을 지는 데 익숙한 여인들은 가뿐히 걸음을 옮겼다.

빨리 걸어 내려와도 30여 분이나 걸리는 험한 산길을 몇 번이고 오르락내리락해야 했지만 모두의 얼굴에는 지친 기색은커녕 환한 웃음이 사라지지 않았다. 아무리 무거워도 무겁지 않은 짐. 보기만 해도 저절로 힘이 나는 존재. 커피 묘목 3천 그루는 이들에겐 3천 가지 희망이었다. 묘목장에 커피 묘목이 차곡차곡 놓여지고… 묘목장 한 켠에서 데브라스는 흙에서 쏟아져 나온 한 그루의 묘목을 다시 담아 다독거리고 있었다.

"커피 묘목 한 그루 한 그루 너무나 소중합니다.
커피는 저희에게 금과 같으니까요."

그렇게 커피 묘목들이 새 둥지를 트는 동안, 묘목장 옆에서는 소녀들이 커피를 만드느라 분주했다. 특별한 날이 되면 모두가 모여 커피를 끓이고 함께 마시는 것이 자연스러운 일상이 된 말레 마을 사람들. 묘목장이 커피 묘목으로 가득 찬 날, 우리는 함께 커피를 마셨다.

그날은 우리에게도 잊을 수 없는 날이 되었다. 말레 마을에 3천 그루의 묘목이 도착한 날. 마을 사람들이 일생에서 가장 행복한 날이라고 말한 그날. 우리는 그들이 묘목들과 만나 얼마나 행복한지 함께 느낄 수 있었다. 그 기쁨의 순간을 함께했다는 것이 우리에게는 행운이었다. 세상에서 가장 행복한 커피, 그날 우리가 마신 커피의 이름이다. 마을 사람들이 3천 그루의 희망을 맞이하고 직접 끓인 향기로운 커피…. 그 커피를 마시며 말레 마을에서 가장 평화롭고 가장 행복한 오후를 보낼 수 있었다.

말레 마을에 찾아온 평화롭고 행복한 오후

아름다운 이별

　말레 마을에서 가장 부지런한 커피 농부 이쏘리 판데. 우리가 그를 찾을 때마다 그는 혼자가 아니었다. 이쏘리가 거름을 만들고 옮길 때도, 구덩이를 파고 묘목을 심을 때도, 커피나무에 물을 줄 때도 언제나 함께했던 사람. 이쏘리의 가장 든든한 딸, 어니따였다.

　이쏘리는 1남 5녀를 두었다. 어니따 위로 세 명의 딸이 있지만 모두 결혼해 다른 마을에서 살고 있고, 유일한 아들도 인도에서 이주 노동 중이다. 그러다 보니 어니따는 실질적인 장녀였고, 새벽부터 잠들기 전까지 어니따는 그야말로 일에 파묻혀 살았다. 우리는 그녀를 '소'와 같다고 생각했다. 소처럼 아무 말 없이 묵묵히 일만 하는 그녀. 우리가 그녀 곁에서 지켜본 모습은 그렇게 일밖에 모르는 산골 소녀였다. 엄마의 집안일을 돕는 것은 기본이었고 아빠 이쏘리의 농사일까지 함께하다 보니 어니따의 하루는 일로 시작해 일로 끝날 수밖에 없었다.

어니따의 나이 열아홉. 한창 피어오르는 꽃 같은 나이였지만 어니따
는 언제나 무뚝뚝한 얼굴이었다. 엷은 미소조차도 보기 어려웠고 왠지
모르게 우울함마저 느껴지는 얼굴. 웃음 많은 막내 여동생 자나끼와 비
교되어 어니따의 딱딱한 표정은 더욱 도드라져 보였다. 하지만 그런 어
니따의 모습 뒤에는 이루지 못한 꿈이 숨어 있었다는 사실을, 우리는
얼마 지나지 않아 알게 되었다.

이쏘리 집에 방문한 우리에게 어니따는 상자 하나를 꺼내 펼쳐 보였
다. 그 상자 안에는 타다 만 몇 권의 책(몇 년 전, 어니따의 방에 불이 나는
바람에 대부분의 책들이 불타버렸다고 한다)과 상급학교에 다닐 때 썼던 다
이어리가 소중히 보관돼 있었다.

어니따의 다이어리 첫 장에는 교복을 입고 있는 어니따의 증명사진
이 붙어 있었다. 추억에 잠긴 듯 잠시 다이어리를 살펴보던 어니따는

형편이 지금 같지만 않았어도
어니따는 뛰어난 재원이 되었을 것이다

다이어리 앞 장에 무언가를 적어 넣었다. 2007이라고 적인 숫자를 2008이라고 고쳐 적은 뒤, 그녀는 말했다. "한 해가 지났으니까요." 사실 올해는 2010년인데, 어니따는 아직 그 시간을 그냥 지나가지 못하는 듯 보였다. 2007년은 그녀가 학교를 그만둔 해이다. 그렇게 하고 싶었던 공부를 더 이상 하지 못하게 되었을 때부터 그녀의 시간은 멈춰버렸는지도 모른다. 학구열이 남다른 이쏘리는 뭄바이에서 이주 노동을 하며 어니따의 학비를 보내주었다. 덕분에 어니따는 여학생으로서는 드물게 상급학교에 진학했다. 10학년이던 어느 날 아버지에게 전화가 걸려왔고, 아버지는 힘겹게 이야기를 꺼냈다. 더 이상 돈을 보낼 수 없다는 이야기…. 자신을 가르치기 위해 먼 타지로 떠났고 웬만해서는 힘든 내색을 하지 않던 아버지였는데, 몸이 쇠약해져 힘든 시기를 보내고 있다는 사실을 알게 된 것이다. 그 이야기를 듣고 며칠 후, 어니따는 학교를 그만두었다.

만약 집안 형편이 지금 같지만 않았더라면 어니따의 손에는 곡괭이 대신 연필이 들려 있었을 것이다. 어니따는 똑똑한 소녀였고, 일하는 틈틈이 마을 아이들에게 책을 읽어주곤 했다. 학교에 대한 그리움으로 가득한 어니따의 모습을 보는 우리의 마음은 안타깝기만 했다. 하지만 어니따는 우리에게 괜찮다고 말했다. 산사태 이후 마음 아파하던 아버지가 다시 커피에서 희망을 찾아가는 모습을 지켜볼 수 있는 것만으로도 안심이 된다고 말했다. 의욕적으로 커피 밭에 모든 것을 쏟아붓는 아버지. 그 아버지와 함께 커피 밭을 일궈가는 시간들은 어니따에게도 어느덧 새로운 희망이 되었다. 처음에는 힘든 아버지의 일을 도와준다는 생각이었지만, 커피라는 존재는 알면 알수록 흥미로웠다. 비록 산사태로 한 차례 아픔을 겪었지만, 커피는 가족들에게 희망을 주는 존재였다. 커피를 통해 다시 미래를 꿈꾸게 된 어니따. 어느새 어니따는 말레 마을에서 인정하는 어엿한 소녀 커피 농부가 되었다.

우리가 아침마다 본 어니따와 이쏘리의 모습은 커피 밭을 함께 일구는 다정한 커피 동지의 모습이었다. 아버지와 딸이라는 말보다 커피 동지라는 말이 더 어울리는 부녀였다. 하지만 그 두 사람의 모습을 함께 볼 수 있는 시간은 그리 길지 않았다.

커피 묘목이 마을에 도착하고 얼마 후, 우리는 뜻밖의 소식을 들었다. 어니따가 결혼을 한다는 것이다. 우리에게는 너무나 갑작스러운 소식이었지만, 사실 어니따의 결혼은 예정된 일이었다고 한다. 어니따의 나이 이제 열아홉. 하지만 말레 마을에서는 혼기가 꽉 찬 노처녀에 속했다. 그들의 결혼 적령기는 열다섯에서 스무 살 사이였고, 이쏘리 부부는 어니따를 결혼 시키지 못한 것이 늘 걱정이었다. 이주 노동을 떠난 아들을 대신해 아들 몫까지 해온 딸이 든든하고 고마웠지만 언제까지 딸을 붙잡고 있을 수만은 없었다. 그러던 차에 적당한 혼처가 나오면서 서두르게 된 것이다.

신랑은 말레 마을에서 차로 네 시간 거리의 '루파코트'에 사는 청년으로 꼭대기 집 수바커르네의 먼 친척이었다. 네팔에서는 중매결혼이 일반적이었고 수바커르네 집을 통해 어니따에 대해 들은 시댁에서 먼저 청혼을 해온 것이다. 어니따는 늘 술, 담배를 하지 않는 성실한 남편을 만나고 싶다고 말했었다. 다행스럽게도 신랑은 두바이의 호텔에서

말레 마을에서 인정하는 여엿한 소녀 커피 농부

하지만 결혼을 앞둔 어니따의 기분은
더욱 가라앉아 보였다

일하는 성실한 청년이었고 어니따의 조건대로 술도 담배도 하지 않는 사람이라고 했다. 무엇보다 이쏘리 가족을 기쁘게 한 것은 시댁 식구들이 커피 농부인 어니따를 좋아한다는 것이었다. 루파코트는 아직 커피 농사가 본격적으로 이뤄진 곳이 아니기 때문에 커피 농사 경험이 풍부한 어니따는 일등 신붓감이었다. 아버지인 이쏘리에게 어깨 너머로 배운 커피 재배 기술이 무엇보다 든든한 혼수가 된 셈이다.

어니따는 우리에게 새로운 목표가 생겼다고 말했다. 아버지와 함께 커피 농사를 지으면서 얻은 지식과 경험으로 루파코트에서 제일가는 커피 농부가 되겠다는 새로운 꿈. 비록 가난했지만 어니따는 아버지에게서 가장 큰 유산을 물려받았다.

어니따의 결혼식이 다가올수록 이쏘리는 웃음을 잃어갔다. 좋은 혼처에 딸을 보내게 됐으니 기뻐해야 마땅했지만, 언제나 자신 곁을 지켜줬던 딸과 이별해야 한다는 사실 앞에서 그는 마냥 좋아할 수만은 없었다. 누구보다 공부를 하고 싶어 했던 딸에게 그 꿈을 접으라고 할 수밖에 없었던 미안함. 힘든 일 궂은일을 마다 않던 듬직한 딸에 대한 고마움. 그 모든 마음을 가슴속 깊은 곳에 켜켜이 쌓아두고 딸의 행복만을 빌어야 할 때가 다가오고 있었다.

결혼식을 하루 앞둔 날, 이쏘리는 어니따와 함께 커피 묘목을 심었다. 묘목을 심고 정성스레 기도를 올리며 물도 뿌려주었다. 그 어느 때보다 손발이 잘 맞았던 아버지와 딸. 산사태로 폐허가 된 밭도 딸이 함께였기에 다시 일굴 수 있었다. 산사태로 폐허가 된 마음도 딸이 있어서 다시 일으킬 수 있었다. 그 고마운 딸이 이제 그의 곁을 떠난다. 이쏘리도 어니따도 오늘이 지나면 더 이상 이렇게 함께 커피 밭을 오갈 수 없다는 것을, 이것이 마지막이라는 것을 너무나 잘 알고 있었다. 두 사람 다 아무 말도 하지 않았지만, 서로에게 전하고 싶은 마음은 말이 필요하지 않은 듯했다. 그렇게 커피 부녀에게 이별의 시간이 다가왔다.

어니따의 결혼식 날 아침. 이쏘리는 관습에 따라 형 둘씨람의 도움을 받아 삭발을 했다. (결혼식 날 신부 아버지가 머리카락을 잘라 항아리에 넣어 신부에게 주는 것이 관습이었다.) 그리고 그 시각 어니따는 시집간 언니들과 친구들에게 둘러싸여 마지막 치장을 하고 있었다. 그렇게 아버지와 딸은 서로 다른 곳에서 각자 이별과 새로운 시작을 준비하고 있었지만, 두 사람의 표정은 똑같았다. 스무 해 남짓, 살을 부비며 함께 살아온 피

전통에 따라 신부 아버지인 이쏘리가 삭발을 하고 있다

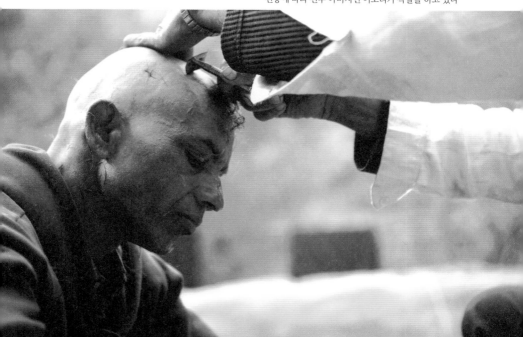

아름다운 신부 어니따는
신랑의 등에 업혀 말레 마을을 떠났다

붙이. 생각만 해도 따뜻해지고 든든해지는 존재와 이제 함께할 수 없다는 사실이 그들의 마음을, 그들의 눈가를 적시고 있었다.

이윽고 신랑 일행이 도착했고, 그 어느 때보다 아름답게 치장한 어니따가 나타났다. 그녀의 무뚝뚝함과 우직함 때문에 '소'라고 칭하곤 했지만, 그날 그녀의 모습은 정말 아름다웠다. 힌두교식 혼례가 진행되는 동안 우리는 어니따가 얼마나 어여쁜 색시인지 감탄하기에 바빴다. 우리는 사람 좋아 보이는 새신랑과 시댁 식구들에게 "어니따에게 잘해주세요."라고 부탁했고, 진심으로 그녀가 행복하길 빌었다. 마치 나의 자매가 결혼하듯, 그날의 결혼식은 우리 제작진에게도 특별했다.

그 특별하고 아름다운 결혼식이 끝나고 어니따는 말레 마을을 떠났다. 빨간 베일은 쓴 어니따는 흐느껴 울고 있었다. 네팔 관습대로 신랑 등에 업힌 어니따가 산모롱이를 돌아 사라지고 나서도 한참 동안, 이쏘리는 그 길을 말없이 바라보았다. 그렇게 어니따는 말레 마을을 떠났다.

말레 마을 열혈 농부

    말레 마을의 커피 농부 이쏘리와 수바커르. 두 사람에게는 공통점이 있었다. 산사태로 아끼던 커피나무들을 잃었다는 것. 그리고 사랑하는 가족을 떠나보내야 했다는 것. 그리고 가장 큰 공통점은, 그 상실의 아픔을 희망으로 채우는 열혈 커피 농부라는 점이다.

    묘목장에 묘목이 들어온 후, 이쏘리는 자진해서 묘목장 관리 책임을 맡았다. 공동 묘목장이기 때문에 물을 주는 것도 묘목들을 수시로 보살피는 것도 공동 책임이었지만, 이쏘리는 그 모든 일을 자신이 도맡아 하겠다고 나섰다. 묘목들이 건강한 나무로 잘 자라기 위해서는 물과 햇빛을 잘 조절해야 한다. 자신의 밭일도 해가면서 매일같이 묘목들을 돌보는 건 쉽지 않은 일이었지만, 마을 사람들 모두 이쏘리의 결심을 반겼다. 커피에서만큼은 그의 열정과 노력을 따라갈 사람이 없다는 걸 말레 마을 사람 모두가 알고 있었기 때문이다.

형 움나트가 떠난 후 커피와 함께 부쩍 자란 수바커르

새 묘목들이 도착한 후 더욱 신바람이 난 이쏘리. 그리고 이쏘리 못
지않게 바빠진 사람은 열네 살 커피 농부 수바커르였다. 형 움나트가
떠난 후 커피를 바라보는 눈빛이 달라졌던 수바커르는 그사이 커피나
무와 함께 부쩍 키가 자랐다.

말레 마을 사람들이 처음으로 커피를 만들어 마셨을 때도, 전문가가
찾아와 교육할 때도, 묘목을 바구니에 실어 나를 때도 수바커르는 가장
열심이었다. 그리고 그 시간 동안 이 어린 커피 농부에게도 커피에 대
한 지식과 경험들이 쌓여갔다. 우리는 움나트가 떠난 이후의 상황을 수
바커르 혼자 감당할 수 없으리라고 생각했다. 형이 떠나던 날, 형의 가
방을 들고 훌쩍거리며 형을 보내던 수바커르였다. 하지만 그 어린 수바
커르가 커피 농부로 입문하고 놀라운 속도로 성장하는 과정을 지켜보
는 우리는 신기하기만 했다. 한국으로 치면 아직 중학생 나이인 수바커

말레 마을 대표 열혈 농부 이쏘리와 수바커르가
묘목장 돌보기를 자청했다

르. 그저 컴퓨터 게임이나 하고 엄마에게 응석이나 부릴 나이인 수바커르는 형과 아버지를 대신해서 집안을 책임지고 있었다. 그리고 그 아이가 꿈꾸는 미래는 온통 커피였다.

언제부터인가 커피에 관한 일이라면 이쏘리와 더불어 마을 사람들이 가장 신뢰하는 농부는 수바커르가 되었다. 이제 겨우 열네 살이지만, 수바커르는 커피에 있어서만큼은 어른들과 어깨를 나란히 할 정도가 되었고, 모두가 수바커르 이야기에 귀 기울이고 의견을 존중해주었다. 우리는 마을 어른들 사이에서 커피에 대한 의견을 내놓는 수바커르의 모습을 자주 보았다. 그러면 동네 어른들이 고개를 끄덕이며 그의 이야기를 듣곤 했다. 그런 수바커르 모습이 대견해 보이기도 하고 한편으로는 너무 어른 같아 낯설어 보이기도 했다.

그렇게 시간이 흐르는 사이 움나트와 수바커르 형제의 밭도 많은 진척이 있었다. 형은 인도로 떠나기 전 장기적으로 삼백 그루의 커피나무를 심을 계획이었지만 수바커르 혼자 하기에는 너무 벅찬 분량이었다. 그래서 백 그루로 목표를 잡은 수바커르는 벌써 혼자 오십 개가 넘는 묘목 구덩이를 팠다. 형이 인도로 가기 전에는 그저 구덩이를 파는 형의 보조역할만 했던 수바커르. 지금은 비록 혼자였지만 더 열심히 씩씩하게 구덩이를 팠다. 수바커르는 지난번 커피 전문가의 방문 때 받은 교육 덕분에 영양분이 많은 땅 표면의 흙을 구덩이 안에서 섞는 방법도 터득했다.

수바커르와 인터뷰를 하면서 우리는 여러 번 놀랐다. 우리로 하여금 매번 '저 아이는 타고난 커피 농부구나!' 하는 감탄을 자아내게 했다.

어린 나이임에도 불구하고 커피에 관한 지식이 해박했고, 앞으로의 농사 계획도 체계적으로 세워두었다. 무엇보다 우리를 감동시켰던 것은 커피에 관한 목표뿐만 아니라 어린아이가 가지고 있다고 믿기 힘든 확고한 철학이었다.

"만약에 제가 유기농법으로 농사를 짓지 않는다면, 사람들의 건강에 해를 끼칠 거예요. 그래서 사람들에게 좋은 유기농법을 이용해 커피 농사를 짓고 싶어요."

"학교 교육을 받지 않는다면 저는 아무것도 할 수 없어요. 21세기는 학교를 졸업하는 것이 최소한의 요구사항이에요. 제대로 공부를 끝마친 사람이 되기 위해서 노력할 거예요."

"저는 커피 농사를 짓는 것과 공부하는 것 둘 다 하고 싶어요. 커피는 제가 계속 공부할 수 있도록 도와줄 거예요."

"커피는 제게 친구 같은 존재예요. 저는 커피를 더 많이 심어서 커피를 통해서 삶을 더 나은 방향으로 이끌어가고 싶어요."

이 모든 말들을 들으며 우리가 어떻게 놀라지 않을 수 있을까. 저 대답을 겨우 열네 살 아이가 하다니…. 언제나 당당하게 자신의 생각을 이야기하던 열네 살 소년 농부 수바커르. 그 당찬 모습만큼이나 당찬 꿈을 이야기하던 수바커르의 목표는 바로 이것이다.

"저처럼 어린 학생도 커피를 일등급으로 만들 수 있다는 것을 사람들에게 보여주고 싶어요."

커피에 관한 확고한 철학과 목표를 가진
타고난 커피 농부 수바커르
가장 어린 커피 농부가 아닌 가장 좋은 커피를
많이 수확하는 농부가 되고 싶다는
수바커르

우리는 수바커르의 일등급 커피를 맛볼 날이 머지않았다는 것을 알 수 있었다. 수바커르는 반드시 그 꿈을 이룰 수 있는 아이라는 걸 우리는 확신할 수 있었다.

겨울이 가고 봄이 오듯, 꽃이 지고 열매가 맺듯, 이별의 아픔을 겪었던 이쏘리와 수바커르는 더욱 단단해졌다. 수바커르가 혼자 일구는 형제의 밭에는 매일매일 구덩이가 늘어났고, 이쏘리는 말레 마을에서 가장 먼저 커피 묘목을 커피 밭에 옮겨 심게 됐다. 원래 묘목은 우기가 와서 땅이 촉촉할 때 심어야 하지만 이쏘리는 묘목 중 상태가 별로 좋지 않은 열여섯 그루를 시험 삼아 먼저 심어보기로 했다. 약한 커피나무를 위해 그늘을 만들고 기도를 올리는 이쏘리. 그는 조그만 소리로 "커피가 이 땅에서 잘 자라게 해주세요."라고 기도를 올렸다.

이곳 말레 마을에 와서 다큐를 제작하며 우리는 늘 예기치 못한 상황과 맞닥뜨리곤 했다. 사람 사는 세상에 다 이야기가 있기 마련이지만 말레 마을이 좀 더 특별했던 이유는 마을 사람들 모두가 커피에 대한 열망으로 가득했다는 것이다. 이쏘리가 기도하는 모습은 우리 모두에게 감동을 안겨주었다. 그가 어린 커피나무를 쓰다듬으며 조용히 두 손 모아 기도하는 모습을 카메라 뷰파인더로 바라보면서, 세상에서 가장 아름다운 커피 농부를 본 듯했다. 커피 농부를 촬영하겠다고 무작정 네팔로 뛰어든 우리지만 이렇게 아름다운 커피 농부를 만나리라고는 전혀 예상하지 못했었다. 이쏘리는 우리 제작진에게도, 세상 누구에게도 가장 아름다운 커피 농부였다. 그런 이쏘리가 또 다시 시행착오를 겪을 수도 있고, 어린 커피 묘목이 이쏘리의 밭에서 잘 자라지 못할 수도 있

아름다운 커피 농부의 기도
"커피가 이 땅에서 잘 자라게 해주세요"

다. 하지만 이쏘리는 자신이 이 어린 커피나무에게 할 수 있는 모든 것을 다 할 것이고, 그 모든 어려움을 이겨내고 반드시 건강한 커피나무로 키워갈 것이다. 3년 후에 오백 그루의 커피나무를 기르겠다는 새로운 목표를 향해 이쏘리는 언제나처럼 커피 밭을 부지런히 오갈 것이다.

　우리 제작진이 말레 마을을 떠나기 바로 직전 이쏘리는 우리에게 반가운 이야기를 들려주었다. 어니따가 공부를 그만둔 것을 두고두고 마음 아파했던 이쏘리가 지금 중등학교에 다니고 있는 막내딸 자나끼만큼은 반드시 대학까지 가르치겠다고 결심했다는 것이다. 이쏘리가 이런 결심을 할 수 있었던 것은 커피를 재배해 돈을 벌 수 있다고 확신이 섰기 때문이었다. 그리고 또 하나의 놀라운 소식은 이주 노동을 떠난 이쏘리의 외아들이 아버지와 함께 커피 농사를 짓기 위해 고향으로 돌

아올 채비를 한다는 것이었다. 이쏘리 본인도 인도 이주 노동자 신분이었고 가난이 대물림되듯 그의 아들도 가난에 쫓겨 인도로 이주 노동을 떠날 수밖에 없었다. 그 아들이 다시 말레 마을로 돌아온다는 건 이제 더 이상 가난 때문에 가족이 헤어지지 않아도 된다는 것을 의미했다. 커피는 이렇게 그들에게 가족이 한 지붕 아래 살 수 있는 미래를 약속해주었다. 새로운 묘목, 새로운 희망이 가져온 변화. 커피는 이렇게 희망의 향기를 말레 마을에 퍼트리고 있었다.

> "커피를 재배하는 것은 내 인생의 전부이자 의무입니다.
> 커피를 키울 수 있어서 정말 행복하고, 앞으로도 커피를 키울 겁니다.
> 커피를 키우는 것은 정말로 아름다운 일이니까요." _이쏘리

7

커피는
희망과 함께 자란다

Himalayas Coffee Road

맨손으로
일군
기적의
커피 밭

커피 농부가 되고 싶었던 미나.

하지만 커피묘목을 살 돈도 없고

붕대 염소는 몇 그루 없는 커피나무를 먹어치우고…

절망도 잠시, 묘목 지원은 미나에게 희망이 되었고

쓸모없는 땅이라 여겨졌던 황무지를

기적의 커피 밭으로 일구기 시작한다.

꿈
조
차
꿀
수
없
던
일

　말레 마을에 큰 변화를 몰고 온 3천 그루의 커피 묘목은 미나 가족에게도 새로운 자극이 되었다. 새로 커피 묘목이 도착했을 때 누구보다 열심히 묘목을 나르며 기뻐한 사람도 미나였다.

　붕대 염소 일당들이 몇 그루도 안 되는 미나의 커피나무를 먹어치워서 앙상하게 만든 후, 사실 미나는 거의 포기 상태였다. 마을 사람들이 커피나무를 돌보며 내일을 꿈꿀 때, 제대로 돌볼 커피나무가 없었던 미나는 희망조차 품을 수 없었다. 그런 상황 속에서 갑자기 커피 묘목이 생긴 것이다! 어느 집 할 것 없이 농사를 지을 수만 있다면 평등하게 커피 묘목을 분양받을 수 있었고, 미나에게도 커피 묘목이 백 그루가 돌아갔다. 백 그루의 커피나무를 키우는 커피 농부. 미나가 상상하지도 못한 일이 현실로 이루어진 것이다.

　하지만 미나에게는 한 가지 해결해야 할 중대한 문제가 있었다. 미나

거의 포기 상태였던 커피 농사. 하지만 미나는 든든한 지원군과 함께였기에 다시 도전한다

에게는 커피 묘목을 심을 커피 밭이 없다는 것이다. 미나가 처음 큰돈
을 주고 사 왔던 열다섯 그루의 커피나무도 집 마당 주변 비탈에 심었
었다. 그 때문에 염소들의 표적이 되어 모두 염소 밥이 돼버린 것이다.
가난한 미망인 미나에게 그럴싸한 땅이 있을 리 만무했고, 밭이라고 하
기에도 뭣한 황무지 조금이 전부였다.

그 황무지는 남편이 살아있을 때 둘이 함께 마련했던 땅이다. 미나를
따라 우리는 그곳으로 가보았다. 마을 뒤편 산중턱에 있는 그 땅을 보
는 순간 우리는 할 말을 잃었다. 잡초가 사람 키만큼이나 자라 있는 그
땅은 황무지 중의 황무지였다. 커피 묘목을 심기 위해서는 기름진 땅도
필요했고, 묘목을 심을 구덩이도 파야 했다. 하지만 미나가 가진 땅은
가시덤불과 잡초가 뒤엉키고 자갈이 무성한 황무지뿐. 남편의 병수발
로 가진 돈도 다 쓰고 남편이 죽은 후에는 하루하루 아이들의 끼니를

265

걱정해야 하는 처지인 미나. 그녀에게 좋은 땅을 마련한다는 건 꿈조차 꿀 수 없는 일이었다. 그나마 그 황무지 중에서도 가장 괜찮아 보이는 위치에 옥수수를 심어보기도 했지만 그마저도 잘 자라지 않아 포기했다. 유난히 그늘도 심하게 지고 수로와도 멀어서 물을 대기도 힘든 땅. 그곳에서 농작물이 자라는 건 우리가 봐도 불가능해 보였다.

하지만 희망은 미나에게 문을 열어주었다. 일전에 커피 전문가가 말레 마을을 방문했을 때, 미나는 커피 전문가를 끌고 올라가 자신의 황무지를 보여주었다. 이 땅에 커피를 심을 수 있는지, 이 땅에서도 커피가 잘 자랄 수 있는지 미나는 꼭 물어보고 싶었던 것이다. 윗마을 커피 농부 중 한 사람은 미나의 땅을 보고 커피가 절대 자랄 수 없다고 말했고, 만약 박학다식한 커피 전문가도 그렇게 말한다면 미나는 영원히 커피 농부로서의 꿈을 버려야 할지 모른다. 그나마 얻게 될 백 그루의 커피나무도 모두 무용지물이 된다.

이 절체절명의 순간, 커피 전문가는 다행히 미나에게 좋은 소식을 들려주었다. 농작물이 전혀 자랄 수 없다고 생각했던 이 황무지가 커피나무에게는 오히려 좋은 터라고 말해주었다. 유난히 그늘이 많이 들고 토양의 질도 괜찮은 편이라 밭만 잘 일군다면 충분히 가능성이 있는 땅이라고 했다. 순간, 미나의 얼굴에는 안도감을 넘어 기사회생의 웃음이 번졌다. 미나가 얼마나 좋아하던지 우리까지 덩달아 기뻐했다. 물론, 물 문제도 남아 있고 황무지 같은 땅을 일구는 문제도 남아 있었다. 수로에서 미나의 땅까지 직접 물을 끌어올 수 없으니 물을 길어 와야 했고, 자갈과 덤불로 가득한 땅도 다 갈아야 했다. 남들보다 더 많은 노력이 필요할 것이다. 그래도 방치해두었던 황무지가 커피에게 좋은 땅이 될 수 있다니. 우리 가족에게도 커피 밭이 생길 수 있다니. 그것만으로도 미나는 충분했다. 그리고 커피 밭을 만들기 위해 황무지를 개간하기로 결심했다. 그것이 미나가 진정한 커피 농부로 거듭나기 위한 첫 번째 과제였다.

황무지와의 사투

황무지를 커피 밭으로 개간하기로 결심한 이상 하루라도 지체할 수 없었다. 미나는 이른 새벽부터 서둘렀다. 미나가 황무지 개간을 시작하던 첫 날, 우리도 그녀를 따라 나섰다. 그리고 또 다시 할 말을 잃었다. 이 땅은 죽은 땅이라고 할 만큼 황폐했다. 아무리 커피 전문가가 커피 나무를 심어도 된다고 말했지만, 저 무성한 잡초와 저 많은 돌을 도대체 언제 치운단 말인가. 우리가 엄두도 못 내고 있는 사이 미나는 주섬주섬 낫을 들고 풀을 베어 모으더니 불을 피우기 시작했다. 힌두교에서 불을 피운다는 행위는 옛 것과의 작별이자 새로운 시작을 의미했다. 본격적인 황무지 개간에 앞서 미나가 불을 피운 까닭도 그러했을 것이다. 미나에게 황무지 개간은, 힘겨웠던 지난날과의 작별이자 진짜 커피 농부로서의 새로운 출발점이었다. 붉게 타오르는 불빛 속에서 그녀는 이제 지난날의 홀어미 미나가 아닌 커피 농부 미나가 되어가고 있었다.

진짜 커피 농부로서의 새로운 삶을 준비하는 미나

커피 밭 개간 계획은 대략 이러했다.

첫째, 무성한 잡초를 일단 베어내고, 뿌리까지 말끔히 뽑아낸다.

둘째, 돌을 고른다. 걸리는 것 없이 모두 골라낸다.

셋째, 평평하게 땅을 일구고 커피 묘목을 심을 구덩이 백 개를 판다.

넷째, 파놓은 구덩이는 15일간 햇볕을 쬐게 해 숙성시킨다.

다섯째, 구덩이 안에 유기농 비료와 퇴비, 그리고 양분이 많은 숲의 흙을 섞는다.

이렇게 하면 커피 묘목을 심을 모든 준비는 끝나는 것이다. 얼마나 시간이 걸릴지 예상할 수도 없을 만큼 지난하고 힘든 작업이었다. 계획을 세우긴 했으나 과연 제대로 잘 끝낼 수 있을까? 건장한 사내가 덤벼도 쉽지 않은 일들을 미나 혼자 해내야만 했다. 미나가 늘 안타까웠던

우리는 커피 농사를 짓겠다는 그녀의 결심을 듣고 진심으로 반갑고 기뻤다. 하지만 막상 그녀 앞에 닥친 일들을 지켜보는 우리의 심정은 막막함 그 자체였다. 우리도 이렇게 막막한데 그녀는 어떨까. 할 수 있겠냐고, 우리가 미나에게 물었을 때 그녀는 입술을 깨물며 강한 어조로 대답했다.

"해야죠. 아이들을 위해서라도 해야죠."

그렇게 미나는 더 이상 물러설 곳도 없었다. 자신과 네 아이들의 유일한 희망이 될 수 있는 커피를 위해서라면 어떤 일도 감수할 거라고 이미 굳게 마음 먹고 있었다.

미나는 먼저 황무지에 무성한 잡초를 없애는 작업에 돌입했다. 워낙 오랫동안 방치해두어 땅이 보이지 않을 정도로 잡초는 빼곡했다. 낫으로 먼저 베어내고 뿌리는 말끔히 손으로 뽑아내야 했다. 가시덤불까지 엉겨 있는 거친 잡초들을 일일이 손으로 뽑다 보니 어느새 미나의 손은 엉망이 되었다. 미나가 작업을 하는 동안 그녀의 발을 본 우리는 너무도 놀랐다. 그것은 스물다섯 여인의 발이라고는 보기 힘든 지경이었다. 마치 나무토막처럼 거친 그녀의 발…. 그녀의 지난 힘들었던 시간을 바라보는 듯했다.

미나가 홀로 잡초와의 사투를 시작한 지 며칠이 흘렀다. 우리가 아침나절 미나네 집을 찾았을 때, 그녀는 아직 밭에 나가지 않고 있었다. 다른 날 같았으면 이미 밭에서 작업을 시작했을 시간인데, 미나는 좀처럼 밭에 나갈 기색이 없었다. 그리고 우리는 툇마루에 주저앉아버린 미나를 발견했다. 다가가서 보니 열에 들뜬 얼굴은 붉게 상기되어 있었고, 목까지 완전히 쉬어버려 목소리도 제대로 나오지 않는 상태였다. 계속되는 황무지 개간 강행군으로 그녀는 기어이 쓰러지고 만 것이다. 안쓰럽고 가슴이 아파왔다. 그녀의 바짝 마른 손과 햇볕에 그은 그녀의 얼굴은 더욱 여위어 보였다. 우리나라에서 스물다섯이면 한창 멋 부리고 인생에서 가장 아름다운 시절을 보내고 있을 시기인데…. 그럴 나이에 미나는 맨손으로 땅과 사투를 벌이고 있었다. 그녀가 홀어미가 아니었다면, 좀 더 부유한 집에서 태어났다면, 아니 아이들만이라도 적었다라면… 이런 부질없는 안타까움이 밀려들었다.

우리가 급한 대로 촬영 가방에서 해열제를 꺼내 물과 함께 건네주니 미나는 미안해하며 약을 삼켰다. 촬영이고 뭐고 같이 땅을 파고 싶었지만, 이 모든 과정이 온전히 그녀의 몫임을 우리는 알고 있었다. 미나가 이 힘든 고비를 넘어서고 그 땅에 당당하게 커피 묘목을 심는 것. 그것이 그녀의 운명이었다. 우리는 그녀 옆에 영원히 함께 있을 수 없는, 방문객에 불과했다. 안타까운 마음에 그녀를 도와주는 것은 그녀를 진정 배려하는 일이 아님을 알고 있었다. 약을 먹은 미나는 방 안으로 들어가 이불을 뒤집어쓰고 끙끙 앓았다. 그런 엄마가 안쓰러운지 아이들은 걱정스런 얼굴로 엄마의 곁을 빙빙 맴돌았다. 결국 그날 미나는 밭에 나가지 못했다. 커피 밭 대신 온기도 없는 썰렁한 그녀의 방 침대에 몸져 누워버린 미나. 처음부터 불가능한 일에 도전한 것은 아닐까. 미나의 황무지 개간작업은 한동안 중단될 수밖에 없었다.

마야 이야기

제 이름은 마야입니다. 제가 세상에서 가장 사랑하는 사람은 엄마입니다.

엄마는 가끔 무서운 얼굴을 할 때도 있지만 그래도 매일매일 우리를 따뜻하게 안아줍니다.

그런데, 오늘은 엄마가 나를 안아주지 못했습니다.

엄마가 아픕니다. 하루 종일 아파서 누워 있는 엄마를 보니 눈물이 났습니다.

이마에 손을 대니 너무 뜨거워서 많이 속상했습니다.

언니가 말하길 커피 밭 때문에 병이 난 거라고 합니다.

엄마 대신 제가 밭에 나가서 일을 하면 엄마 병이 나을 수 있을까요.

저도 내일부터는 꼭 밭에 나갈 겁니다.

빨리 엄마가 일어나서 다시 제 옷도 입혀주고 안아줬으면 좋겠습니다.

새로운 삶이 시작되다

　미나가 아픈 뒤 우리는 수시로 그녀의 집에 들러 약을 주고 그녀의 상태를 살폈다. 가난한 살림에 약을 제대로 먹어보지 못한 그녀에게 우리가 한꺼번에 약을 주면 용량을 몰라 과용할까봐 약 때를 맞춰 방문했다. 약을 먹어본 적이 별로 없어서인지 미나는 약효가 잘 들었고 며칠이 지나자 상태가 많이 호전되었다.

　엄마가 아프니 집 안은 엉망이었다. 아이들은 고사리 같은 손으로 불을 지피고 국 같은 걸 저희들끼리 끓여 먹느라 부엌은 엉망이 되었다. 미나는 몸이 나아지자 집 안 청소부터 하기 시작했다. 그리고 다시 그 고된 황무지로 발길을 향했다. 아직도 미나의 땅은 보기만 해도 한숨이 날 정도로 진전이 없었다. 우리가 망연자실한 표정으로 황무지를 보고 있는 사이 미나는 다시 소매를 걷어붙이고 맨손으로 잡초를 뽑았다. 전과 다른 점이 하나 있다면, 미나가 혼자가 아니라는 것이었다. 거친 풀

미나가 네 아이들과 천방지축 붕대 염소들까지 모두 데리고 커피 밭으로 향하는 모습

을 뽑겠다고 엄마 곁을 지키는 머두, 만주, 마야, 머니스. 미나의 곁에는 네 아이들이 함께였다. 언제나 그랬다. 캄캄한 현실 속에서도 미나에게 언제나 빛이 되어준 것은 늘 아이들이었다.

아이들과 미나는 일렬로 앉아 잡초를 뽑았다. 아이들은 재잘거렸고 미나는 아이들의 대화를 들으며 미소 짓고 있었다. 아이들이 그녀에게 에너지를 채워주고 있다는 걸 느낄 수 있었다. 아이들이 하면 얼마나 할까 싶었는데 제법 작업 속도가 났다. 네 명의 든든한 지원군 덕분에 다시 진척을 보이는 개간 작업. 게다가 미나가 아프다는 소식을 들은 마을 사람들까지 도움의 손길을 내밀고 나섰다.

사실, 아무리 가족 같은 마을이라고는 해도 보수적인 산골 마을이어서 그런지 과부를 바라보는 눈길이 곱지 않았다. 그래서 미나는 농사를 지을 때도 다른 사람들보다 몇 배는 더 힘들게 일해야만 했다. 농기구

275

어둠 속에 갇혀 있는 그녀에게
누군가 촛불을 건넨 듯…

를 빌리기도 어려웠고, 수로에서 물을 끌어올 때도 눈치가 보여 남들이 사용하지 않는 한밤중에 해야만 했다. 사람들이 생각하기에 미나는 남편을 먼저 보낸 죄 많은 여인이었다. 그 따가운 시선까지 혼자 감당해야 했던 미나. 그런데 뜻밖에도 유일한 친구 언비까를 비롯해 마을 사람 몇몇이 도와주겠다고 나선 것이다. 물론 품앗이를 하기로 한 것이라 미나의 밭일을 도와주면 미나도 그들의 밭일을 도와주는 식이었지만, 그래도 미나는 무척 기뻐했다. 마치 어둠 속에 갇혀 있는 그녀에게 누군가 촛불을 건넨 것처럼 그녀는 이웃의 도움에 행복해했다. 우리는 정말 오랜만에 미나가 환하게 웃는 모습을 볼 수 있었다. 그렇게 환히 웃는 미나는 제법 예뻤다. 삶의 무게에 눌려 웃음을 잃었던 미나가 이제 조금씩 웃기 시작한 것이다. 미나의 웃음은 네 아이의 밝은 미래를 의미했기에, 우리는 그렇게 미나가 항상 웃기를 정말 간절히 바랐다.

아이들과 이웃들까지 일손을 보태면서 개간 작업은 눈에 띄게 진척이 생겼다. 마침내 잡초와의 전쟁이 끝이 났고, 황무지가 조금씩 제대로 된 땅처럼 보이기 시작했다. 하지만 그들을 기다리는 것은 수많은 자갈들. 흙밭인지 돌밭인지 알 수 없을 만큼 촘촘히 박혀 있는 돌들을 하나하나 손으로 골라내야 했다. 이러니 어떤 작물을 심어도 잘 될 수가 없었겠구나, 하는 생각이 절로 들었다. 돌을 고르는 미나의 손은 온통 갈라지고 피까지 났지만 미나는 멈추지 않았다. 돌을 담아 나르던 바구니마저 다 너덜너덜하게 해질 때까지 미나와 네 아이들은 계속해서 돌을 고르고 날랐다. 매일매일 그 조그만 땅에서 정말 많은 돌들이 끊임없이 나왔다.

커피는
희망과 함께
자란다

그렇게 돌과의 전쟁이 또 며칠 간 계속되었고, 황무지 개간을 시작한 지 한 달 정도 흐른 어느 날, 우리는 마침내 부드러운 속살을 드러낸 미나네 예비 커피 밭을 마주할 수 있었다. 한 달간의 맨손 개간 작업 끝에 가시덤불과 잡초, 거친 자갈들로 뒤덮여 있던 황무지가 밭다운 밭으로 탈바꿈한 것이다. 그사이 미나와 네 아이들의 여린 손은 눈 뜨고 볼 수 없을 만큼 거칠어졌지만, 그래도 그들의 얼굴은 웃음으로 가득했다. 변변한 농기구도 없이 맨손으로 개간한 그 땅…. 기어코 해낸 미나를 바라본 우리의 가슴도 벅차올랐다. 미나는, 아니 네 아이의 어머니는 정말 대단한 존재였다. 그날부터 우리는 미나를 '맨손의 미나'라고 불렀다.

 이제 황무지 개간 2차전에 들어섰다. 커피 묘목이 둥지를 틀 자리를 마련할 차례. 커피 묘목을 심을 구덩이를 파는 일이 남았다. 구덩이는 커피 묘목을 심을 숫자만큼 파야 했다. 커피 농사 중에서 가장 힘든 일이 바로 구덩이 파는 작업이었다. 한국이야 포크레인을 불러 한 삽이면 끝날 일이었지만 이 산골에서는 겨우 쇠막대기와 양철 접시로 구덩이를 파야 했다. 농기구가 하나도 없는 미나의 경우에는 그나마 쇠막대기조차 이웃에게 아쉬운 소리를 하며 빌려야 했다.
 빌려온 쇠막대기와 삽으로 구덩이를 파고 양철 접시로 흙을 떠내는 미나. 그리고 네 아이들과 품앗이 온 마을 사람들 모두가 한 자리씩 자리 잡고 흙을 파내기 시작했다. 여러 사람이 붙으니 순풍에 돛 단 듯 척척 작업이 진행되었다. 우리 눈에는 그런 도구들만으로 능숙하게 흙을

변변한 농기구도 없이
맨손으로 개간한 땅
그 사이 미나의 손은 심하게 거칠어졌지만
기어코 해낸 미나를 바라보는
우리의 가슴도 벅차올랐다

맨손의 미나, 그리고 기적의 커피 밭

파내는 말레 마을 사람들이 그저 신기할 따름이었다.

아침부터 저녁까지 구덩이를 파고 또 파는 작업. 그 결과 하나둘 커피 묘목 구덩이가 늘어갔고, 그 숫자만큼 미나와 네 아이들의 희망도 늘어갔다. 한동안 우리는 아침마다 한결같은 풍경을 볼 수 있었다. 미나가 네 아이들과 천방지축 붕대 염소들까지 모두 데리고 가벼운 발걸음으로 커피 밭으로 향하는 모습. 일을 하러 가는 것이 아닌, 마치 어느 좋은 곳으로 소풍이라도 떠나는 모습이었다.

어쩌면 불가능한 꿈을 꾸는 것일지도 모른다고 여겼었다. 미나가 커피 밭을 일구는 모습을 지켜보는 내내 우리는 염려로 가득했었다. 하지만, 결국 미나는 해냈다. 불을 피우며 황무지 개간을 시작한 지 두어 달이 지나 마침내 미나 가족은 여든일곱 개의 묘목 자리가 생긴 커피 밭을 갖게 되었다. 우리가 보기에 그것은 기적에 가까웠다. 미나의 밭을 처음 봤을 때의 그 황당함. 아니, 우리는 미나가 그냥 숲속 한 귀퉁이를 밭이라고 우기는 줄 알았었다. 그랬던 황무지가 기적처럼 커피 밭으로 바뀌었다. 그것도 맨손으로…. 미나와 머두, 만주, 마야, 머니스 네 아이들이 함께 일궈낸 커피 밭. 여든일곱 개의 희망이 새겨진 커피 밭. 그곳에서 마침내 커피 농부 미나의 새로운 삶이 시작되었다.

"3년 후 이곳이 아주 훌륭한 밭이 되어 있는 모습을
상상해봤어요. 이 밭에 심은 커피나무가
꽃을 피우고 커피 열매를 맺은 모습을요…."

미나 가족 이야기

우리 아이들은 참 잘 먹습니다.
비록 배불리 먹일 수 있는 건 흰 쌀밥이 아닌 옥수수 밥뿐이지만
아이들은 참 잘 먹습니다.
그런 아이들을 보며 저는 매일 기도합니다. 흰 쌀밥을 배불리 먹을 수 없지만
사랑만큼은 듬뿍 먹고 자랄 수 있기를 간절히 기도합니다.
사랑을 먹고 희망을 먹고
우리 아이들도, 우리의 커피나무도 쑥쑥 자라날 겁니다.

8
—

말레 마을
커피로드

Himalayas Coffee Road

향기롭고
아름다운
그리고
잊을 수 없는

일 년간 공들였던 결실을 확인하는 시간,

말레 마을에 수확의 계절이 찾아왔다.

기다림의 미덕을 가르쳐준 커피

마을 사람들에게 새로운 희망을 가져다준 커피

이제 그 고마운 커피와 작별을 해야 할 때다.

선물 같은 수확의 계절

　울긋불긋 지천에 피는 꽃으로 말레 마을이 고운 옷을 입기 시작하는 계절. 말레 마을에 봄이 찾아왔다. 그것은 곧 커피 농부들이 지난 1년간 공들였던 결실을 마침내 확인하는 시간이 되었음을 의미했다. 산사태로 수많은 커피나무를 잃은 농부에게도, 사랑하는 가족을 떠나보내야 했던 농부에게도 수확의 계절은 반갑게 찾아왔다.

　커피 열매는 익으면 익을수록 초록에서 노란 빛깔로, 그리고 다시 붉은 빛깔로 옷을 갈아입는다. 바로 그 빨간 빛깔을 띠었을 때가 수확의 시기. 반드시 탐스러운 빨간 빛깔일 때 수확해야 좋은 커피콩을 얻을 수 있다. 덜 여문 커피 열매는 무게도 적게 나가고 쓴맛이 강하기 때문이다. 또, 빨갛게 익은 지 열흘에서 보름 정도 지나면 마르고 떨어지기 때문에 너무 빠르지도 너무 늦지도 않게 수확해야 한다. 마을에 봄을 알리는 꽃이 피기 시작하면서 말레 마을 커피 농부들은 수확의 적기를

탐스러운 빨간 빛깔로 여문 커피. 말레 마을에 수확의 계절이 찾아왔다

놓치지 않기 위해 손길이 바빠졌다. 커피나무에 빨간 열매가 열리기 시작할 무렵, 우리에게는 한 가지 궁금증이 생겼다. 수확의 계절이 왔는데도 커피 열매는 드문드문 빨갛기만 할 뿐 모두 빨갛게 익지는 않았다. 커피나무에 뭔가 문제가 있는 걸까? 하지만 집집마다 모든 커피나무의 사정은 똑같았다. 한 나무 안에서도 어떤 열매들은 빨갛게 탐스러운 빛깔을, 또 어떤 열매들은 아직 노란 빛깔을 띠고 있었다. 우리는 커피 열매가 초록색일 때는 나무 전체가 초록이고 빨간색일 때는 전체가 빨강이라고 생각했다. 촬영 전 사전 조사를 했을 때 브라질이나 콜롬비아 같은 대규모 커피 생산지의 커피나무들은 그러했었다. 그렇다면 말레 마을 커피나무는 잘 자라지 못하는 걸까?

　그 의문에 대한 해답은 유기농이었다. 말레 마을처럼 화학 비료나 농약을 사용하지 않는 유기농 커피의 특징 중 하나는, 커피가 제각각 익

287

모든 시간들을 온전하게 다 견딘 후에야
붉게 물드는 열매

는다는 것이다. 인위적인 처방을 하지 않고 자연 법칙 그대로를 따르다 보니, 한 나무 안에서도 커피 열매가 익어가는 속도는 확연히 달라질 수밖에 없었다. 그래서 말레 마을 커피나무는 봄이 되면 울긋불긋 색색의 열매들을 맺는다.

모든 시간들을 온전하게 다 견딘 후에야 붉게 물드는 열매. 그 커피 열매들은 우리에게 기다림의 미덕을 가르쳐주었다. 서두르지 않고 붉게 익은 열매들만 하나하나 골라가며 수확하는 말레 마을 사람들. 빨갛게 익은 열매만을 따야 했기에 마을 사람들은 커피나무 한 그루에서도 여러 차례 수확을 해야 했다. 그래서 말레 마을의 커피 수확기는 아주 길었다.

커피 수확기가 더욱 길어질 수밖에 없는 또 하나의 이유는 말레 마을 농부들이 순전히 손으로만 수확하기 때문이다. 대규모 커피산지 농장에서는 한 번에 대량의 커피를 수확하기 위해 대부분 기계로 커피를 수확한다. 기계를 사용하는 경우 열매마다 익은 정도를 일일이 확인할 수 없으니 품질이 일정하지 않다. 평지도 아니고 커피나무들 사이도 일정하지 않은 말레 마을에서는 애초에 기계 수확이 거의 불가능하다. 그래서 말레 마을 농부들은 두 눈으로 익은 정도를 확인하고 두 손으로 일일이 따는 '핸드피킹(Hand Picking)' 방법을 고수해왔다. 이런 방식은 기계가 따라갈 수 없는 섬세함과 높은 품질을 보장하기에 그 가치를 인정받아왔다.

수확 철이 돌아오면 만나게 되는 말레 마을의 정겨운 풍경. 그것은 커피나무마다 온 가족이 모여 빨갛게 익은 커피 열매를 열심히 골라내

유기농으로 재배된 말레 마을 커피나무는 봄이 되면 울긋불긋 색색의 열매들을 맺는다

는 모습이었다. 어른 아이 할 것 없이 모두가 바구니를 하나씩 들고 커피나무에 매달려 지난 1년간의 결실을 정성스럽게 수확했다. 간난아이까지 업고 독풀에 찔려가면서 남편과의 약속을 지켰던 라디가. 농부로서 생애 처음으로 수확한 커피를 안고 함박웃음을 짓던 열네 살 커피농부 수바커르. 산사태로 많은 커피나무를 잃고 겨우 1킬로그램밖에 수확하지 못했지만 그것만으로도 행복하다는 이쏘리. 모두에게 수확의 계절은 선물 같은 시간이었다.

특명, 펄핑 머신을 가동하라

커피 수확 철이 다가오자 우리 제작진도 흥분하기는 마찬가지였다. 커피나무에 빨간 열매가 달린 모습이 마치 크리스마스트리 장식 같았다. 커피 수확은 우리 촬영의 막바지를 의미했고, 그 수확한 커피를 따라 우리도 한국으로 돌아가야 했다. 커피의 시작과 끝. 그것이 우리의 다큐멘터리에 담고자 했던 큰 그림이었다. 우리가 말레 마을로 들어온 지도 석 달이 가까워오고, 커피가 익어갈수록 커피에 대한 우리의 생각도 그사이 많이 달라져 있었다.

말레 마을에서 가장 크고 좋은 커피 밭으로 손꼽히는 곳은 커피왕 브라더스 둘씨람의 커피 밭이었다. 당연히 수확량도 마을 최고. 올해도 둘씨람 가족은 가장 먼저, 가장 바쁘게 수확 준비에 나섰다. 이른 아침부터 둘씨람네 온 가족들은 커피 수확으로 분주했다. 따야 할 커피 양

커피 체리에서 펄프를 제거하는 과정인 펄핑은 말레 마을 커피의 가치를 더욱 높여주었다

이 많았기 때문이기도 했지만, 특히나 손길이 바빠진 이유는 바로 펄핑 때문이었다.

　말레 마을 커피 재배의 역사를 바꿀 또 하나의 사건, 펄핑 머신의 도입이다. 말레 마을에서는 TV나 라디오, 전화기를 제외하면 기계 종류가 전무했다. 이런 말레 마을에 펄핑 머신이 무상으로 지원된 것이다. 보통, 다른 커피 산지에서는 수확한 커피 체리를 펄핑 머신을 이용해 펄핑 과정을 거친 후 파치먼트 상태로 시장에 넘긴다. 그러나 말레 마을의 경우 그동안 펄핑 머신이 없었기 때문에 커피 체리를 그대로 건조시킨 '드라이체리' 상태로 팔아왔다. '펄핑'은 커피 열매의 40퍼센트 정도를 차지하는 '펄프(과육과 껍질)'을 벗겨내는 일이다. 펄프는 당분과 수분 함유량이 많아 발효를 촉진시키기 때문에 불쾌한 냄새가 나거나 나쁜 균이 번식할 수 있다. 그래서 펄핑 과정을 거쳐 건조시킨 파치먼트

말레 마을에 펄핑 머신 도입이라는
또 하나의 역사적인 사건이 일어났다

커피는 커피 열매 그대로를 말린 드라이체리에 비해 몇 배 더 높은 가치를 인정받는다. 그동안 말레 마을 사람들에게 펄핑 머신은 절실히 필요한 기계였지만, 넉넉하지 못한 형편 때문에 꿈도 꾸지 못했었다. 그런데 굴미커피조합의 지원으로 펄핑 머신이 말레 마을에 오게 된 것이다.

말레 마을 사람들에게 너무도 소중한 펄핑 머신. 그 영광스러운 첫 수혜자는 가장 먼저 수확에 나선 둘씨람 가족이 되었다. 이른 아침부터 커피 수확에 바빴던 둘씨람 가족들은 오후가 되어서야 겨우 커피 수확을 마쳤다. 제법 많은 커피 열매를 수확한 둘씨람 가족의 표정은 무척 밝아 보였다. 마을 사람들의 사랑방으로 자주 사용되는 둘씨람네 집 마당에는 수확한 커피 열매가 바구니마다 가득했다.

이제 드디어 펄핑의 시간. 마을 사람들은 이 역사적인 장면을 보기 위해 모두 모였다. 펄핑 머신이 도착했던 날에는 커피조합 직원이 간단하게 작동법을 알려주었지만 그 이후 마을 사람 누구도 직접 사용해보지는 않았었다. 이제는 조합 직원도 없이 말레 마을 사람들이 직접 펄핑 머신을 작동해야만 하는 상황이었다. 하지만 기계라는 것 자체가 익숙하지 않은 말레 마을 사람들. 커피 열매는 준비되었는데 펄핑을 할 수 있다고 누구 하나 선뜻 나서지 않았다. 그때 자신 있게 자청하고 나선 이는 윗마을의 커피 농부 롬나트였다. 롬나트는 말레 마을 주민이 아니지만 윗마을 사람들 중 거의 유일하게 말레 마을과 왕래하는 커피 농부다. 전문대학을 나와 수의사로 일하는 롬나트는 다른 농부들보다 많이 배운 사람이라 말레 마을 농부들 사이에서도 지식인이란 평판을 받고 있었다. 롬나트에 의해 마침내 첫 운전에 들어간 말레 마을의 펄

핑 머신. 그런데 이상했다. 아무리 돌려도 기계가 헛돌기만 했다. 자신
만만하게 나섰던 롬나트는 당황해하면서 결국 한발 물러섰다. 급기야
펄핑 머신을 가동하기 위한 마을 사람들의 한바탕 설전이 벌어졌다.

"반대쪽으로 돌려야 하는 것 아니에요?"

"그렇게 해도 안 돼요."

"힘을 더 줘서 돌려봐요!"

지켜보던 우리도 당황했다. 사실 이 펄핑 머신 작동은 그리 어려워
보이지 않았다. 하지만 기계를 작동한다는 것 자체가 이 산골 마을 사
람들에게는 쉽지 않은 듯했다. 손잡이를 이리저리 돌려보지만 기계는
계속 헛돌았고 마을 사람들은 당황하는 기색이 역력했다. 기대에 차서
시작한 펄핑 머신 작동인데 이렇게 실패하는 걸까. 이 펄핑만 하면 드라
이체리보다 훨씬 높은 값을 받을 수 있는 커피가 될 텐데…. 그 고비를
넘기지 못하고 있는 것이다.

그때 둘씨람의 아들이 나섰다. 네팔 수도 카트만두에서 산다는 둘씨
람의 아들. 그는 이번 커피 수확을 돕기 위해 잠시 고향에 내려와 있었
다. 그가 손잡이를 반대로 돌리자 마침내 돌아가기 시작하는 펄핑 머
신. 하얀 속살을 드러낸 커피 알맹이에 비로소 마을 사람들의 입가에
는 웃음이 번졌다. 우리 눈에는 참으로 단순한 일이었지만, 마을 사람
들에게는 쉽지 않은 일이었다. 그런데 뽀얀 커피 알맹이를 앞에 두고
안도의 한숨을 내쉬고 있던 마을 사람들의 표정이 곧 걱정스러움으로
가득했다. 당연히 따로 나와야 할 커피 껍질과 알맹이가 온통 뒤섞여
나와버린 것이다. 분명 지난번 조합 직원이 마을에 와서 시범을 보일

말레 마을 사람들이 그토록 기다린
뿌얀 커피 알맹이

말레 마을은 히말라야 만년설이 녹아 내려온 청정한 물로 커피를 깨끗이 씻을 수 있다

수확이 시작되면 말레 마을 곳곳에서
커피를 내다 말리느라 분주하다

때는 알맹이와 껍질이 따로 분리되었었는데…. 하지만 기계에 익숙하지 않은 사람들끼리 하다 보니 작동이 서툴러 알맹이와 껍질이 한꺼번에 나와버린 것이다.

일단 펄핑한 커피들을 챙기는 것이 우선. 급한 대로 마을 사람들 모두가 달려들어 일일이 손으로 커피 껍질과 알맹이를 분리하는 작업에 들어갔다. 일차로 펄핑한 것들은 수작업으로 해결한다고 해도, 앞으로도 계속 그럴 수는 없는 일이었다. 펄핑 머신을 제대로 사용하기 위해서는 껍질과 알맹이를 분리할 수 있는 다른 해결 방법이 필요했다.

커피왕 브라더스답게 해결 방법을 찾기 위해 머리를 맞대보는 판데 형제들. 수완 좋은 둘씨람이 그럴듯한 안을 내놓았다. 껍질과 알맹이를 분리해주는 받침대를 만들어주자는 것이었다. 마을 사람들은 둘씨람의 의견대로 목수을 불러 펄핑 머신을 위한 특수 받침대를 제작하기로 결정했다.

다음날, 펄핑 머신 받침대 제작이 시작되었다. 모두의 기대를 한 몸에 받으며 야심차게 나무를 자르는 목수들. 두 시간 후면 완성될 거라는 목수들의 호언장담에 데브라스 가족들은 서둘러 커피 밭으로 향했다. 펄핑 머신의 첫 번째 수혜자는 둘씨람이었지만, 받침대까지 갖춘 펄핑 머신의 첫 수혜자는 데브라스 가족이었다.

말레 마을에 처음 커피를 전파했던 데브라스 가족답게 아들 프라카스며 딸 사비트리 모두 커피를 따는 솜씨가 능숙했다. 야무진 그들의 손길 덕분일까. 데브라스 가족은 첫 수확인데도 제법 많은 양의 커피를 땄다. 지금쯤이면 받침대가 완성돼 있을 거라는 기대감으로 서둘러 수확을 마치고 커피 열매를 옮기는 데브라스 가족. 그런데 그들을 맞이한 것은 완성된 커피 받침대가 아닌 나무판자들뿐이었다. 목수들의 예상대로라면 벌써 완성하고도 남을 시간. 그런데 받침대는 아직 형태조차 갖추지 못했고, 목수들은 우왕좌왕 애꿎은 나무판자들만 괴롭히고 있었다. 이 기계 받침대도 그들에게는 최첨단이었나 보다. 설계도도 없이 주먹구구식으로 나무를 자른 것이 화근이었다. 나무는 잘랐지만 어떻게 짜맞추어야 할지 모르는 목수들. 결국 기다리다 못한 데브라스가 결단을 내렸다. 어제 둘씨람이 그랬던 것처럼 그냥 받침대 없이 펄핑 작업을 하기로 했다. 올해 첫 수확한 커피는 제대로 펄핑하고 싶었지만, 펄핑을 미룰 수 없는 이유가 있었다. 펄핑은 커피를 수확한 뒤 반드시 하루를 넘기지 않고 해야 좋은 품질을 유지할 수 있기 때문이었다.

"오늘 펄핑하는 것과 내일 펄핑하는 것은 하늘과 땅만큼의 차이가 납니다. 가장 좋은 품질의 커피를 만들기 위해 손으로 고르더라도 지금 펄핑을 해야 합니다."

데브라스네 역시 둘씨람네가 그랬던 것처럼 일일이 커피 알맹이와 껍질을 분리하는 작업을 해야만 했다. 아쉽지만 그래도 기회는 많았다. 한 번에 익지 않는 유기농 커피 특성 때문에 앞으로 새로운 받침대를 갖춘 펄핑 머신을 사용할 기회는 더 남아 있었다. 그렇게 데브라스 가족의 첫 수확과 첫 펄핑이 끝나갈 무렵, 여전히 목수들의 작업장은 오리무중이었다. 설계도 하나 없이 오직 감으로만 작업하는 목수들. 불행하게도 그날의 '감'은 좋지 않았나 보다. 결국, 펄핑용 받침대의 완성은 다음날로 미뤄지게 되었다.

펄핑용 받침대 제작 이틀째. 목이 빠지게 애타는 마을 사람들의 기다림을 뒤로 하고, 해가 중천에 뜬 지도 한참이 지나서야 펄핑 머신 받침대가 완성됐다. 제법 그럴듯해 보이는 받침대. 과연 제대로 그 역할을 할 수 있을까? 모두의 시선이 모여진 가운데 받침대 위에서는 펄핑 작업이 시작되었다. 서서히 모습을 드러내는 뽀얀 커피 알맹이. 그렇다면 빨간 껍질은?

마침내 성공했다. 커피 껍질들이 받침대 아래로 쏟아지기 시작했다. 이틀에 걸쳐 완성된 펄핑 머신 받침대. 이제 말레 마을 사람이라면 누구라도 손쉽게 펄핑 작업을 할 수 있게 되었다. 앞으로 더 많은 수익을 가져다줄 소중한 선물. 말레 마을 커피 역사에 길이 남을 순간들. 이로써 말레 마을은 품질 좋은 커피를 만들어낼 수 있는 어엿한 생산 체계를 갖추게 되었다. 이를 지켜보는 우리의 감격도 마을 사람 못지않았다.

수확 철 내내 말레 마을 여인들의 손길은 바빴다. 커피 알맹이는 다시 숙성과 워싱, 건조 작업을 거쳐야 했기 때문이다. 펄핑 과정을 거친 커피는 통에 잘 봉해서 3일 동안 숙성시키면 마치 메주처럼 끈적끈적한 점성을 지니게 된다. 이 숙성된 커피에 나뭇가지를 꽂았다가 뺐을 때 그 자리가 그대로 남아 있으면 적당히 숙성된 것으로 판단했다. 숙성 후에는 깨끗한 물에 여러 번 씻는 워싱 과정을 거친다. 말레 마을의 수로에는 히말라야 만년설이 녹아 내려온 물로 가득했고 마을 사람들은 이 청정한 물로 커피를 깨끗이 씻을 수 있었다. 다음 단계는 건조 작업. 건조도 간단치 않다. 1차로 그늘에서 3일 정도 건조한 후, 다시 2차

로 햇볕에서 7일 동안 건조시킨다. 수확이 시작되면 말레 마을 곳곳에서 커피를 내다 말리느라 분주했다. 마지막으로 탈곡 작업을 거치는데 그 작업은 커피조합에서 한꺼번에 이루어진다. 이 과정을 모두 거친 후에야 비로소 빨간 커피 열매는 푸른빛의 그린 빈으로 탈바꿈하게 되는 것이다.

펄핑 머신의 도움으로 올해 처음으로 탄생한 말레 마을표 그린 빈. 히말라야의 햇빛과 안개, 그리고 농부들의 정성 어린 손길을 머금고 마침내 말레 마을 올해의 첫 커피가 완성되었다. 한국에서 무심히 마시던 한 잔의 커피. 그 안에 말레 마을 사람들의 정성이 이렇게나 깃들어 있으리라고는 생각하지 못했었다.

이제, 커피를 떠나보내야 할 때가 다가오고 있었다.

탈곡 작업까지 마친 그린 빈을 커피조합에 소속된 여성들이 결점두를 골라내고 있다

천연 비료를
뿌릴 때도
커피 열매를 골라
수확할 때도
그린 빈의 상태를
확인할 때도

말레 마을 커피는 단계마다 정성스런 손길이 필요하다

커
피,
길
을
떠
나
다

고운 꽃들이 히말라야를 화사하게 수놓았다. 한 달여에 걸친 말레 마을의 수확이 마무리될 무렵 커피 농부들이 한 자리에 모였다. 말레 마을에서 1년 중 가장 중요한 행사를 앞두었기 때문이다. 말레 마을의 커피가 세상과 만나기 위해 떠나는 길. 바로, 커피로드의 시간이 다가온 것이다.

말레 마을의 커피를 수매하는 곳은 커이레니에 있는 굴미커피협동조합. 그곳까지 마을 사람들이 직접 커피를 운반해야 한다. 차로도 두 시간이 족히 걸리는 그 길을 마을 사람들은 수확한 커피를 직접 지고 걸어가야 한다. 워낙 먼 거리인데다가 몇 개의 험한 산을 넘어야 하는 고된 길. 위험하고 좁기 때문에 오로지 두 다리로 걷는 방법밖에 없다. 차로 갈 수 있는 넓은 길도 있었지만 너무 멀리 돌아가야 했고, 차를 빌릴 돈도 마련하기 쉽지 않았다. 그래서 그들은 처음 커피를 팔기 시작했을

마을 사람들 모두 힘을 합쳐 준비해 떠나는 커피로드

때부터 지금까지 매년 그 좁고 험한 길을 걸었다.

　혼자서는 갈 수 없기 때문에 모두가 힘을 합쳐 준비해야 하는 것이 커피로드. 그래서 커피로드를 떠나기 전 마을 사람들은 모두 모여 사전 회의를 하곤 했다. 어떤 날을 잡을 것인지, 어떤 음식을 어떻게 준비할 것인지 세세한 부분까지 꼼꼼하게 상의하고 결정했다. 그 자리에서 특히 우리의 눈길을 끌었던 것이 있었다. 분명히 집집마다 갖고 있는 커피나무의 수도 다르고 수확량도 다른데, 마을 사람들이 지고 가기로 한 커피 양은 모두가 똑같았다. 수확량과 관계없이 커피로드를 떠나는 모든 사람들이 공평하게 짊어질 수 있도록 커피의 양을 다시 나누는 마을 사람들. 수확량이 적은 사람들이 다른 사람의 커피를 나누어 함께 지는 것이 말레 마을 사람들에겐 너무나 당연한 일인 듯했다. 그것을 의아하게 여겼던 우리의 이기심이 잠시 부끄러워졌다. 이들에게 커피로드는

데브라스의 인솔 아래 커피로드 대장정이
시작되었다

함께 걸어야 할 평등한 길이었다.

드디어 커피로드 대장정이 시작되었다. 아직 어둠이 채 가시지 않은 이른 새벽. 젊은 아낙들은 꼭두새벽부터 곱게 단장하느라 분주했다. 좀처럼 마을 밖으로 나갈 일이 없는 이들에게 커피로드를 떠나는 오늘은 1년 중 가장 특별한 날. 며느리들이 한껏 멋을 부리는 동안 둘씨람 내외는 정성껏 음식을 마련했다. 먼 길을 가는 동안 사람들이 나누어 먹을 음식들을 만들어서 가져가야 했다. 든든하게 버티기 위해 둘씨람 내외가 준비한 음식은 우유죽. 우유에 쌀을 넣어 만드는 우유죽은 네팔에서 특별한 날이나 손님이 올 때 먹는 음식이다. 우유죽은 마을 회의에서 미리 상의한 식단 중 하나였다. 도중에 꺼내 먹기도 좋고 든든하게 먹을 수 있는 음식을 준비하되, 각자의 형편에 따라 나누어 장만하는 것이 원칙이다. 하루 종일 이동해야 하기 때문에 어떤 음식을 어떻게 준비할 것인지를 결정하는 일도 매우 중요했다.

새벽안개를 헤치며 둘씨람의 마당에 하나둘 모습을 드러내는 마을 사람들. 설렘과 기대감을 안고 모인 사람들의 숫자는 모두 열일곱 명. 각 가족마다 한 사람씩은 전부 참여했고 수확량이 많은 둘씨람네서는 아내와 며느리까지 함께했다. 지난 1년의 결실. 조합에 가져갈 커피는 이미 사전 회의에서 상의한 대로 똑같은 분량으로 나누어놓았다. 길을 떠나기 전, 마을 사람들은 서로의 이마에 붉은 티카를 발라주었다. 좋은 일만 생기게 해달라고 신께 기원하는 티카. 신의 축복과 함께 드디어 말레 마을 커피 농부들은 길고 긴 커피로드에 올랐다.

히말라야와 함께 살아가는 이들에게 거친 산길은 익숙한 일상이었지

지금은 무거운 짐이지만 곧 아이들의 학용품과 학비, 그리고 새로운 희망을 꿈꾸게 해줄 커피

말레 마을의 커피가 세상과 만나는 날
고운 꽃들이 커피의 길을 반긴다

만 커이레니로 가는 길은 매우 험한 길들로만 이어져 있어 이들에게도 쉽지 않았다. 산 하나를 넘는 험한 등반에 이어 물길을 지나고 발 하나 겨우 디딜 수 있는 아찔한 비탈길도 굽이굽이 걸어야 했다. 바로 옆으로는 아득한 낭떠러지가 입을 벌리고 있는 위험천만한 길. 이 커피로드를 따라가는 것은 우리 제작진에게도 무척 위험한 일이었다. 촬영을 위해서는 행렬 앞과 뒤에서 찍어야 했고, 무비 카메라와 스틸 카메라가 동시에 촬영해야 했기 때문에 신중한 의사소통이 필요했다. 마을 사람들이 사전 회의를 할 때 우리도 최대한 많은 내용을 숙지하려 했다. 마을을 비울 수 없어 사전 답사를 하지 못했던 우리는 그야말로 속수무책이었다. 마을 사람들에게나 우리 제작진에게 예측할 수 없는 사고가 생길까 싶어 마음을 졸이며 촬영할 수밖에 없었다.

가장 경험이 많은 데브라스의 인도 하에 쉬지 않고 발걸음을 옮기는 사람들. 지팡이를 지고 선두에서 걷는 데브라스의 표정은 긴장감과 책임감으로 굳어 있었다. 우리는 등산화를 신고서도 자꾸만 발을 헛딛기 일쑤였는데 마을 사람들은 산사람들답게 슬리퍼를 신고도 산을 날아갈 듯 걸었다. 카메라를 들고 그들을 따라가는 것만으로도 우리는 거의 탈진 상태가 되었다. 언제쯤 쉬는 것일까, 우리의 궁금증이 최고조에 달할 때쯤, 저 멀리 커다란 아름드리나무가 보였다. 마치 약속이라도 한 듯 사람들은 나무 아래에서 하나둘 멈춰 짐을 내려놓기 시작했다.

그곳은 커피로드의 지정 휴게소 '큰 나무 쉼터'였다. 커다란 나무 아래로 시원한 그늘도 드리워 있고 모두가 앉아서 쉴 수 있을 정도의 평지가 있는 쉼터. 게다가 맑은 물이 흐르는 작은 샘까지 갖추고 있었다.

대자연 안개 속, 큰 나무 쉼터에서
허기와 피로를 씻어낸다

누군가 특별히 이야기하지 않아도 자연스럽게 이 나무 아래에서 멈춘 이유는 해마다 이곳 큰 나무 쉼터에서 밥을 먹었기 때문이다. 이른 아침부터 서둘러 출발하느라 무척 시장했을 마을 사람들은 음식을 꺼내기 전 무언가를 준비하기 시작했다. 샘에서 물을 떠서 커피를 끓이는 몇몇 사람들. 어느새 말레 마을 사람들은 커피 한 잔의 여유를 터득해버렸다. 불과 얼마 전까지만 해도 커피를 먹어본 적 없던 사람들. 어쩌면 큰 나무 쉼터에서 마시는 커피 한 잔은 앞으로 새로운 전통이 될지도 모른다. 이제 특별한 행사마다 늘 등장하는 커피. 촬영 전과 지금을 비교해보면 너무나 큰 변화였다.

따뜻한 커피 한 잔을 마신 후에야 비로소 준비해온 음식들을 꺼내는 사람들. 정성스럽게 준비한 음식을 함께 나누어 먹으며 허기와 피로를 달랜다. 지금도 우리는 그 큰 나무 쉼터에서 마셨던 커피의 맛을 잊을 수가 없다. 대자연 안개 속, 맑은 공기를 마시며 함께 마셨던 말레 마을 커피. 한국에 돌아와서도 그 맛을 잊을 수 없게 만든 건 아마 마을 사람들과 함께했던 그 추억 때문일 것이다.

이른 새벽부터 시작된 커피로드. 밥을 먹은 후에야 해가 뜨기 시작했다. 다시 힘을 내어 길을 떠나야 할 때. 마을 사람들은 다시 짐을 꾸렸다. 시간을 더 줄이기 위해 지름길을 택했는데 문제는 지름길일수록 더욱 험난해진다는 것. 20킬로그램이 넘는 커피를 메고 그 험한 길을 가니 제아무리 산사람들이라 해도 지치는 건 당연했다. 우리 제작진은 촬영 장비의 무게와 가파른 길에 숨이 턱까지 차올랐다. 마을 사람들이 쉬지 않으니 우리도 쉴 수 없었고, 마을 사람들과 우리 모두 피로감에 지쳐갈 무렵, 어디선가 나지막한 목소리가 들려오기 시작했다. 로크나트의 아내 인디라가 노래를 부르기 시작한 것이다.

> "이렇게 커피를 메고 가는 길이 보기 좋아요-
> 카일라스산에 사는 시바신이 우리를 만나줄지 아닐지
> 알 수는 없지만 일단 한번 가보아요-"

인디라의 응원가 덕분에 다시 힘을 내어 산을 오르는 말레 마을 사람들. 힘들면 쉬어도 가고 노래도 부르며 서로를 다독이는 그네들의 삶. 말레 마을 사람들을 만나지 못했더라면 알 수 없었던 그들의 삶의 방식. 향기로운 커피를 지고 흥겨운 노랫가락에 맞춰 우리의 다리도 절로 움직이는 듯했다.

커이레니까지는 산사람의 빠른 걸음으로도 꼬박 여섯 시간을 걸어야 하는 길이었다. 물을 건너고 산을 오르고 가파른 비탈길을 가로지르며 말레 마을 커피 농부들은 걷고 또 걸었다. 그렇게 몇 번의 고비를 넘긴 끝에 평지에 다다르자 갑자기 사람들의 발걸음이 한결 가벼워지기 시작했다. 그들이 손을 뻗어 가리키는 곳. 저기 멀리 눈앞에 굴미커피협동조합이 보이기 시작했다.

멀고도 험한 길을 오직 두 다리로만 헤쳐 온 말레 마을 사람들. 조합에 도착하자마자 이제껏 소중히 지고 온 커피를 내려놓는다. 마을 사람들의 얼굴엔 땀과 피로로 가득했다. 수바커르 엄마는 탈수 증상까지 보일 정도였다. 서로 위로하고 응원하며 그 험한 네팔 산길을 걸어와 커피를 내려놓는 순간, 마지막 관문이 기다리고 있었다. 무엇보다 중요한 건 커피의 품질. 우리 눈에는 다 똑같아 보이는 커피콩이지만 커피마다 품질의 차이는 존재했다. 한 마을에서 자란 커피라고 해도 어떤 보살핌 속에서 자라왔는지에 따라 커피의 품질은 달라지게 된다. 굴미커피협동조합에서는 커피의 품질을 측정하고 그에 따라 등급을 매겨왔다. 커피의 가격도 그 등급에 따라 달라지게 되는 것. 지난 1년간의 노력이 공정한 평가를 받는 시간이 온 것이다.

아이들을 돌보듯 정성스레 가꾼 말레 마을 커피는 품질 평가에서 가장 좋은 등급을 받았다

마을 사람들이 도착하자 조합이 어수선해지기 시작했다.

"수분 측정기 가져오세요."

커피의 등급을 매기는 조합 직원이 수분 측정기를 준비했다. 커피의 품질을 판가름하는 기준은 바로 수분. 커피가 수분을 너무 많이 포함하고 있으면 좋지 않은 등급을 받게 된다. 첫 수확이라 집집마다 커피의 양은 많지 않았다. 그래도 지난해에 이어 올해도 가장 많이 수확한 둘씨람 내외는 기대감이 컸다.

"커피 체리가 잘 건조되어서 A등급입니다. 조금 더 말렸으면 좋았겠지만 지금으로도 품질은 아주 좋습니다."

가장 좋은 A등급 판정을 받은 둘씨람의 커피. 게다가 펄핑 머신 덕분에 작년보다 훨씬 높은 가격이 책정되었다.

"제 커피가 A등급을 받아서 행복합니다. 게다가 펄핑 머신 덕분에

돈도 더 많이 받게 돼서 행복합니다."

소감을 묻는 우리의 질문에 둘씨람은 연신 행복하다는 말을 반복했다. 말레 마을의 커피 대부분은 A등급을 받았고 굴미커피협동조합에 의해 높은 가격에 수매되었다. 그중에서도 가장 좋은 평가를 받은 커피는 다름 아닌 수바커르의 커피. 올해 첫 수확을 거둔 열네 살 소년 농부의 커피가 말레 마을 최고의 커피가 된 것이다. 학교에 가야 해서 커피 로드에 따라올 수 없었던 수바커르를 대신해 그 기쁜 소식을 들은 엄마 다니사라. 큰아들 움나트를 보내며 눈물을 흘렸던 다니사라의 눈에서 기쁨의 눈물이 흘러내리고 있었다.

말레 마을 사람들에게 커피는 자식 같은 존재였다. 산사태로 커피나무를 잃었던 일, 물이 말라버려 맨손으로 물길을 터 커피 밭에 물을 주던 일, 마을을 잠시 떠난 움나트와 다슈람, 그리고 기적의 여인 미나까지…. 그 수많은 사연을 담은 커피가 이제 그들 손에서 떠나게 되었다. 하지만 말레 마을 커피 농부들 손에는 먹을 것을 살 수 있는, 아이들에게 학용품을 사줄 수 있는 돈이 들려져 있었다. 산골에서 사는 이들이 이렇게 큰돈을 만지기란 쉽지 않았다.

가장 많이 번 사람은 역시 둘씨람. 총 1만 루피(한화 약 15만 원)를 벌었다. 그것도 겨우 첫 수확으로 벌어들인 돈이니 앞으로 더 많은 현금을 벌 수 있게 된 것이다. 마을 사람 모두가 행복한 표정이었다. 각자 이 돈으로 무엇을 할지 이미 계획을 세워둔 듯했다. 둘씨람은 생활비를 하고 남은 돈으로는 더 많은 커피 묘목을 살 생각이었고, 이쏘리는 막내딸 자나끼의 학비에 사용할 생각이었다. 수바커르 엄마는 수바커르

319

와 꺼멀라의 학비와 학용품 사는 데 이 돈을 사용할 거라고 했다. 이들에게 이런 희망을 전해준 고마운 커피와 이제 작별을 해야 한다.

"바이 바이—"

자식처럼 키워왔던 커피와의 작별의 시간. 1년간 소중하게 품었던 커피를 세상에 내놓고 그들은 다시 말레 마을로 돌아갔다.

말레 마을 사람들이 돌아간 후, 커피는 다시 또 기나긴 여정을 떠나야 했다. 조합에서 최종 탈곡 과정을 거친 후 신선한 그린 빈으로 포장된 말레 마을 커피. 이 말레 마을의 커피를 더욱 가치 있게 해준 것은 굴미커피협동조합의 공정무역 덕분이었다. 생산자와 소비자를 직접 연결하는 공정무역. 사실, 커피는 산지에서는 싼값에 거래되지만, 수 단계에 이르는 중간 과정을 거치는 동안 아주 비싼 값으로 탈바꿈된다. 이 중간 과정을 대폭 줄여 생산자와 소비자를 직접 연결하여 생산자는 좀 더 높은 가격을 받고 소비자는 더욱 합리적인 가격에 커피를 마실 수 있는 것이다. 굴미커피협동조합에서는 한국의 공정무역 단체 '아름다운커피'와 매달 1톤의 커피를 교역하고 있다.

이번 말레 마을 커피도 한국의 '아름다운커피'로 보내진다. 하지만 아직 경제적으로 넉넉지 않은 커피조합은 운송 수단을 갖추지 못했고, 수도 카트만두까지 커피를 보내는 일조차 큰일이었다. 제대로 된 트럭 한 대 마련할 돈이 없어 오로지 하루에 한 번 카트만두로 가는 버스를 기다려야 했다. 하루에 한 번 운행하지만 언제 커이레니에 도착하는지는 아무로 모르는 버스. 말레 마을 커피 농부들이 다녀간 지 며칠 후,

자식처럼 키워왔던 커피와의
작별의 시간이 다가왔다

조합 직원 프라카스가 하염없이 카트만두로 가는 버스를 기다리고 있었다. 기약 없는 기다림이 몇 시간째 이어지고 마침내 프라카스 앞에 카트만두행 버스가 도착했다. 반가운 마음에 커피를 실으려 했지만, 이미 버스 안에는 승객들로 발 디딜 틈 하나 없는 상황. 네팔 시골 버스가 으레 그렇듯이 버스 지붕 위에까지 사람들이 올라타 있었다. 상황이 이러하니 커피를 실을 공간이 없다며 버스 기사는 난색을 표했다. 하지만 신선도가 생명인 커피를 하루 빨리 수도 카트만두로 보내야 했다. 그래야 한국으로 가는 비행기 스케줄에 맞출 수 있기 때문이다.

버스를 가로막고 조합의 직원들이 모두 나서서 협공을 펼치며 겨우 사정한 끝에 승객들의 배려로 커피는 무사히 버스에 오를 수 있었다.

버스는 노선을 이탈하여 조합 건물 앞으로 이동했고, 커피콩이 들어 있는 자루는 버스 지붕에도, 승객의 좌석에도 이리저리 실렸다. 조합 직원들은 커피를 담은 자루 하나하나에도 신경을 많이 썼다. 유기농 면으로 특별 제작된 자루는 커피를 안전하게 두 겹씩 감싸고 있었다. 우리는 어떻게 그 많은 자루가 버스 안으로 다 들어가는지 그저 신기할 따름이었다. 조합 직원들은 버스 기사에게 커피를 안전하게 보살펴달라고 신신당부를 했다.

터덜터덜 정겨운 버스에 실려 다시 길을 떠나는 말레 마을 커피. 커이레니에서 탄센을 거쳐 부트왈로, 그리고 다시 카트만두로 장장 열 시간의 여정을 거쳤다.

더 큰 세상을 향한 비상
히말라야 커피는 한국행 비행기를 타고 우리에게 왔다

그리고 드디어 네팔을 횡단한 말레 마을 커피를 기다리고 있는 한국 행 비행기. 네팔은 내륙 지방이라 배편이 허락되지 않기 때문에 한국으로 가는 모든 히말라야 커피는 비행기로 이동했다. 그만큼 빠르게 운송되기 때문에 말레 마을 커피를 비롯한 모든 히말라야 커피는 배로 운반되는 대부분의 커피에 비해 높은 신선도를 유지할 수 있었다. 카트만두 공항에서 한국행 비행기를 기다리는 커피. 이윽고 비행기에 커피를 산적하는 통관 직원이 나타났고, 익숙하게 숫자를 세고 비행기 내부로 실어 날랐다.

그리고 더 큰 세상을 향한 비상. 말레 마을 커피는 커피로드의 종착지, 한국으로 날아올랐다.

네팔에서 날아온 신선한 커피 생두. 그 푸른빛의 말레 마을 커피는 한국에 도착한 후 현대적 시설이 갖춰진 로스팅 공장에서 블랙 빈으로 다시 태어났다. 비록 말레 마을의 정겨운 프라이팬은 아니지만 세심한 손길을 거쳐 비로소 커피의 진한 향기를 뿜게 되었다. 히말라야의 작은 산골 마을 말레 마을 커피 농부들의 사연과 정성을 그대로 품은 채, 히말라야가 보내준 아름다운 선물은 그렇게 우리 곁으로 찾아왔다.

오늘도 말레 마을의 커피는 서울 시내 카페에서 사람들을 만나고 있다. 연인들의 달콤한 대화에서, 점심시간 직장인들의 잠깐의 휴식 속에도, 말레 마을 커피는 우리와 함께하고 있었다. 우리가 말레 마을 사람들의 그 많은 사연을 다 알 순 없어도, 커피의 진한 향기가 우리 가슴에 남는 것으로 커피 농부들의 사랑과 정성을 느낄 수 있었다.

향기로운 붉은 열매가 가득한 그곳…
그늘에 잠긴 듯 아늑한 그곳…

한국으로 돌아온 우리는 다시 익숙한 풍경과 마주했다. 그러나 우리의 시선은 많이 달라져 있었다. 미끈한 유리잔 대신 정겨운 양철 컵에 담긴 커피, 세련된 커피 머신 대신 투박한 돌절구가 있던 그곳. 양은 주전자에 팔팔 끓여 마시던 말레 마을의 커피가 그리웠다. 그곳에선 수바커르의 일등급 커피가 끓여지고 있을까, 이쏘리의 묘목은 잘 자라고 있을까, 로크나트는 이제 삐뚤삐뚤 글씨를 쓸 수 있을까, 미나의 커피 밭은 어떤 모습으로 완성되었을까…. 이미 말레 마을 주민이 되어 버린 우리는 커피 향기를 맡을 때마다 언제나 그곳으로 돌아가고 있었다. 선한 얼굴의 사람들, 향기로운 붉은 열매가 가득한 그곳, 네팔 말레 마을로….

Himalayas
Coffee
Road

아름다운 커피가 키워낸 아름다운 희망

_구선모 조연출

기억 하나, 말레마을 커피타임

촬영이 다 끝난 늦은 오후가 되면 마을 사람들이 삼삼오오 우리들이 지내고 있는 방 앞 마당으로 모여들었다. 저녁 7시부터 9시 사이, 그 시간은 하루 중 말레 마을이 가장 떠들썩한 시간이 되었다. 언제부터였는지 마을 사람들이 커피를 함께 마시기 위해 우리를 찾아왔기 때문이다. 그들이 커피를 끓이는 방식은 무척 신기했다. 커피를 냄비에 볶고, 양념 빻는 돌절구로 빻아서 네팔 전통 밀크티인 찌아를 끓이듯 우려내었다. 난생 처음 보는 투박한 제조방식이었지만 세상 어떤 커피와도 비교할 수 없는 특별한 커피였다.

그 독특한 방법에 매료된 나는 마을 사람들에게 말레 마을 스타일로 커피 끓여주는 일을 자처했다. 통역을 해주셨던 미누 형이 계시지 않은 경우엔 대화를 나눈다는 것이 거의 불가능했지만 그래도 괜찮았다. 한 잔의 커피로 우리는 여러 마음을 나눌 수 있었고, 커다란 미소를 나눌 수 있었으니까. 그들의 함박웃음은 지금까지 보아왔던 어떤 이들의 미소보다 따뜻하고 아름다웠다. 그것 하나면 충분했다. 내가 끓인 커피를 마시며 행복해하는 그들을 보는 것은 참으로 신나는 일이었다. 아마추어도 아닌 평범한 대학생이었던 내가 다큐 프로젝트에 참여하면서 느꼈던 모든 압박감과 불안감이 일순간 눈 녹듯 사라지는 행복한 시간이었다.

기억 둘, 다슈람과 로크나트

촬영이 시작된 뒤 얼마 지나지 않아 다슈람이 이주 노동을 떠난다는 사실을 알게 되었다. 우리에게도 그리고 다슈람 가족에게도 갑작스럽게 찾아온 이별이었다. 인터뷰를 하러 찾아간 다슈람의 집에서는 그가 평소와 다름없는 담담한 표정으로 짐을 싸고 있었다. 하지만 인터뷰를 시작한 지 얼마 지나지 않아 다슈람이 눈물을 왈칵 쏟아냈다. 그의 이야기를 들으면서 나 역시 안타까운 마음에 감정이 북받쳐 오르기 시작했다. 하지만 촬영 당시 나는 조명을 책임지고 있었기 때문에 동요되어서는 안 되었다. 조명을 잡지 않은 다른 손으로 슬쩍 눈물을 훔쳐도 보고, 다리도 꼬집어봤지만 소용없었다. 결국 쏟아지는 눈물을 참지 못하고 촬영 중에 조명을 내리고 울어버렸다. 그의 아픔을 달래줄 수 없다는 사실이, 그를 도와줄 길이 없다는 사실이 나를 더욱 슬프게 만들었다.

촬영이 끝나고 돌아와서도 슬픔은 쉽사리 가라앉지 않았다. 그런 나를 피디님과 미누 형이 달래주었지만 마치 아이가 그러하듯 눈물만 더욱 쏟아졌다. 저녁이 되어서야 간신히 감정을 추스른 나는 마을 사람들에게 커피를 끓여주고 곧바로 방으로 들어갔다. 그때 로크나트 씨가 나를 따라 방으로 들어왔다. 로크나트 씨는 내 눈가가 젖어 있는 것을 눈치 챘는지 뭐라고 말하고는 내 손을 가만히 잡아주었다. 내 손을 잡은 그의 손은 참으로 거칠었다. 하지만 내 마음을 어루만져준 그의 마음은 참으로 부드러웠다. 그 뒤로 로크나트 씨는 항상 나를 볼 때면 손을 잡아주었고, 따뜻하게 웃어주었다. 그때 로크나트 씨는 나에게 무슨 말을 했던 것일까? 나는 로크나트 씨 덕분에 그날 밤 다슈람의 환송회에 갈 수 있었고, 다슈람과 함께 춤을 출 수 있었다.

기억 셋, 수바커르

우리가 마을에 도착한 첫날부터 유난히 나에게 친근하게 굴던 녀석이 있었다. 바로 수바커르였다. 처음 보는 외국인이 신기했는지 좀처럼 사진작가 정호 형과 내 곁을 떠나지 않았다. 언제나 동생이 없어서 아쉬웠던 나는 수바커르를 친동생처럼 생각했다. 어린 나이지만 학교에서 공부하랴 집에서 커피나무를 돌보랴 불철주야 노력하는 것이 참으로 기특했다.

우리 제작진은 일주일에 한 번 다른 마을에 가서 먹을거리와 생활용품을 사 왔다. 비탈진 산길을 한참 걸어 나가 덜컹덜컹 차를 타고 또 다시 걷는 길…. 우리가 장보는 날이면 수바커르가 동행해 그 멀고 험한 길에서 우리를 든든하게 지켜주곤 했다. 무거운 짐을 지고, 심지어 슬리퍼만 신은 수바커르가 어찌나 그 비탈길을 잘 오르내리던지 뒤쫓느라 항상 힘이 들었다. 수바커르는 항상 빨리 내려가 짐을 내려놓고 다시 올라와서 내 짐을 하나라도 더 들어주었다. 특히 수바커르의 형 움나트가 떠난 뒤부터는 나를 더욱더 친형처럼 생각하고 따른다는 것을 느낄 수 있었다.

돌이켜 생각해보니 촬영 중간에, 그리고 촬영이 끝나고 나면 수바커르와 나는 이야기하고 장난치느라 정신이 없었다. 그렇게 정이 들어놓고 보니, 정작 헤어질 때가 다가오면서 너무 힘들었다. 우리가 마을을 떠나던 날, 평소에는 그토록 활발하던 수바커르가 단 한마디도 하지 않고 내 옆에서 계속 울기만 했다. 나 역시 눈물이 나려 했지만, 움나트가 떠나던 날에 형의 눈물을 보고 훌쩍이며 뒤따르던 수바커르의 모습이 떠올라 꾹 눌러 참았다. 나는 그날만큼은 울지 않고 수바커르를 달래주었다. 마치 내가 진짜 친형이라도 된 듯….

기억 넷, 떠나던 날 그리고 지금

마을을 떠나던 날은 정말 힘든 날이었다. 이별할 때 절대로 울음을 보이지 않는 마을 사람들도 그날만큼은 다들 울음을 터뜨렸다. 말레 마을에서 80여 일간 머물면서 우리와 마을 사람들은 서로 많은 정이 들었다. 우리는 말레 마을의 주민이었고 그들과 한 가족이었다. 언젠가 꼭 다시 돌아오겠다는 기약 없는 약속을 남긴 채 돌아서야만 하는 우리의 마음은 천근만근 돌을 얹은 듯했다. 나는 떠나오면서 내 연락처를 남겨두었다. 하지만 그들에게 국제전화비가 어디 한두 푼일까. 실제로 연락할 수 있으리라는 기대보다는, 언젠가 다시 돌아올 거라는 약속의 흔적을 남기고 싶었다. 그런데 한국으로 돌아온 지금, 가끔씩 마을 사람들에게서 전화가 온다. 반가운 마음에 1초라도 빨리 받고 싶지만 그들 전화비 걱정이 앞서 잠시 기다렸다가 내가 다시 전화를 한다. 통신 사정이 좋지 않아 수차례의 시도 끝에 간신히 전화가 연결되면 반가운 목소리가 들린다. 간단한 영어와 네팔어로 주고받는 짧은 대화지만, 그 안에서 서로 헤아릴 수 없이 많은 마음을 주고받고 있음을 느낀다.

"언니, 오빠 다들 잘 지내죠?"

"그럼요. 여러분들도 잘 지내시죠?"

"잘 지내요. 언제 올 거예요?"

"내년에는 꼭 갈게요."

"보고 싶어요."

"저희도요."

내 인생 첫 번째 촬영지이자, 나의 두 번째 고향이 되어버린 그곳. 앞으로도 평생 기억에 남을 것이다. 따뜻한 커피 한 잔을 할 때마다….

www.beautifulcoffee.com

아름다운커피는 아름다운가게의 공정무역 브랜드입니다.

2002년 국내 최초로 공정무역 사업을 시작했으며, 2006년 네팔 공정무역 유기농 커피 '히말라야의 선물'을 출시하면서 본격적으로 공정무역 시장을 열었습니다. 커피, 초콜릿, 홍차 등 다양한 공정무역 상품 개발을 통해 더 많은 생산자들과 교류하며 저개발국가의 가난을 해소하기 위해 노력하는 한편, '공정무역 실천 학교' 인증 등 참여를 이끄는 캠페인을 통해 국내 공정무역 인지도를 높이는데 힘을 기울이고 있습니다.